Wolter · Die Zimmer der Erinnerung

Christine Wolter

Die Zimmer der Erinnerung

Roman
einer Auflösung

Verlag Das Arsenal

Die Autorin dankt der Stiftung Kulturfonds Berlin
für die Unterstützung ihrer Arbeit

Alle Rechte vorbehalten. © 1996 by Das Arsenal, Berlin
ISBN 3 931109 05 4

Erstes Buch
CRANZ

1 Nur einmal, ein einziges Mal in dem regenschweren Sommer, den ich in der Berliner Wohnung verbrachte, sah ich dies, und obwohl es nichts Außergewöhnliches und erst recht nichts Übernatürliches war, ergriff es mich wie eine Erscheinung: Am verblassenden Abendhimmel über den Parkbäumen, einem grauen Rosa, in das nur der verdorrte Gipfel einer Akazie ragte, kreisten Vögel. Es war kein Schwarm, der sich sammelte und formierte, zum Herbstaufbruch bereit; die Vögel zogen als viele einzelne dunkle Bögen aus allen Richtungen und in alle Richtungen rasch über das Himmelsstück. Sind es Schwalben? fragte ich mich, die Stirn an die Scheibe gelehnt, aber es war, trotz des rosagoldenen Schimmers, schon zu dunkel, um die Vögel zu erkennen. Nur ihr hohes kreisendes Fliegen blieb sichtbar und – vielleicht wegen der entsetzlichen Stille ringsum – fühlbar.

Es war ein ruheloses Steigen und Sinken, schwarz auf vergehendem Hell, lautlos. Ich sah ihm zu, ich folgte der vielfachen ziellosen Bewegung, sie zog mich an, ich kreiste mit ihr, das Gesicht an die Scheibe gelehnt. Das bin ich. Ich dachte es und dachte es nicht, weil ich so gut wie nichts dachte, nur kreisend auf- und abstieg, stumm, mit einem gläsernen Gefühl der Abwesenheit.

Zum letzten Mal: auch das dachte ich nicht eigentlich, ich sah es am Himmel. Früher hatte ich es manchmal gedacht, bei Abschieden, auf Reisen, es war ein dramatischer, oft ein melodramatischer Gedanke gewesen. Jetzt war alles einfach so, wie es war.

Die Bäume wurden dunkler, noch blieb das Himmelsstück hell, das schwarze Flattern stieg und fiel, in die Nacht hinein. Die Eichen, Akazien und Linden wuchsen zu einer schwarzen Masse zusammen, die leise schwankte. Ich wandte mich ab, ins Zimmer zurück, das einmal mir gehört hatte, aber dort erwartete mich dieselbe dämmernde Stummheit, nur sanfter, vertrauter, wohnlicher, trotz der schon ganz und gar ausgeräumten Bücherregale. Unter den Büchern, die ich für mich herausgesucht hatte, bevor der Antiquar kam, war eines, das ich vor vielen Jahren gelesen hatte; immer war es mir wie eine freundliche Versicherung vorgekommen, wenn mein Blick auf den schwarzen Einband und den Titel im roten Feld fiel, eine beruhigende Zusicherung, eine Erinnerung an ihre Bibliothek aus den fernen Jahren der Gemeinsamkeit, als sie beide, neugierig, nicht ohne Ironie, im Strom der Lebens-, Todes- und Naturphilosophien ein Stück mitgeschwommen waren. Nun war der Band in einen Karton verpackt, der Titel in goldener Schrift auf dem roten Feld stand mir nicht mehr vor Augen: »Der Tod als Freund«.

Aber eigentlich, das wußte ich auch, war dies Kreisen, dies schwarze Schwingen irgendwelcher Vögel, nicht traurig und nicht trostlos. Trost wurde mir ja zuteil, gerade an solchen Abenden, auch wenn er meinem Durst danach nicht genügte. Auch dies Kreisen, das nun im Dunkel verschwand, während ich mich abwandte, war Trost. Es war wirklich ein Trost, sagte ich mir, nichts konnte doch besser sein, als diese Lautlosigkeit. Dies Auf- und Abschwingen in ewiger Unruhe, dieser Aufbruch gemäß einer unabänderlichen Bestimmung. Traurig war nicht das Bild, nicht dieser nun schon entschwundene Himmel, der dem blassen und stummen Himmel jenes anderen Tages glich, traurig war nur ich.

»Die Erinnerung ist das einzige Paradies, aus dem wir nicht vertrieben werden können.« Wer hatte das gesagt? Jemand hatte es mir irgendwo in ein Buch geschrieben, vor langer Zeit, vielleicht K., mit seiner Vorliebe für Zitate. Es klang gut und war – plötzlich mußte ich lachen – Nonsens. Im Zeitalter der Vertreibungen gab es kein Paradies, und wäre es noch so fiktiv, aus dem man nicht vertrieben wurde. Paradiese, wenn noch etwas davon übrig war, waren das letzte und eigentliche Ziel aller Vertreibungen, Aussiedlungen, Zerstörungen, sie waren dazu da, daß Menschen daraus verjagt wurden. Und: warum gerade die Erinnerung ein Paradies? Auch das eine Lüge. Nur damals hatte mich das Zitat entzückt, K. hatte die Gabe, Zitate im rechten Augenblick auszusprechen und sie einem gleichsam zum Geschenk zu machen, was meine Verliebtheit in ihn noch gesteigert hatte.

Meine Erinnerungen kreisten. Ein Auf und Ab, Steigen und Fallen, ziellos, richtungslos. Ich folgte ihnen, auch ich ziellos, richtungslos, ich folgte ihnen als dunkler Linie durch das sinkende Licht, auf der Suche nach irgend etwas, das vielleicht Trost war, vielleicht aber auch Schmerz, ich lehnte wieder die Stirn an die Fensterscheibe, aber draußen war es nun dunkel, ich sah das Kreisen innen in meinen Augen, als ich zurück ins Zimmer schaute, auf die leeren Regale.

In einem fernen Sommer, an der Ostsee, hatten wir das Lied von den Zugvögeln gesungen und immer wieder mit Buntstiften gemalt: *Wenn der Sommer geht zu Ende /Ziehen fort die Vögelein...* wir sangen es zu zweit für die Wirtsleute, für den Ahrenshooper Friseur Saatmann und seine bleiche Frau mit der zitternden Hand, die uns liebte, wir schauten oft auf die zitternde Hand, der Sommer ging zu Ende, war es ein Paradies-Sommer? Jedenfalls erinnerte er an andere verlorene Sommer im Leuchten weißer Strände, wir saßen in der großen sauberen Küche im Souterrain des Hauses Saatmann unter dem liebevollen Blick der blassen Frau, über die weiten Boddenwiesen zogen die Schwärme der Zugvögel, wir malten sie aufs Papier, mit den schönen Linien der Stromleitungen über der flachen grünen Landschaft, die gleich hinter unserer Veranda begann, und wir wußten, daß auch unser Sommer zu Ende ging und wir nicht bleiben durften, daß dieser Strand und diese See uns nicht gehörten wie damals der Strand und die See, aber uns entzückte gleichzeitig der Erfolg unseres Singens und unserer Malerei, erst später, wenn wir nach einer endlosen Reise in den Garten am Stadtrand zurückgekehrt waren, kam das Gefühl der Dürre und des Erstickens.

Nun saß ich in einem regnerischen Berliner Sommer in einem Zimmer, das sich immer mehr leeren würde und aus dem ich zum letzten Mal fortziehen würde. Ich dachte es in einer stumpfen Tristesse, wie jemand, der ein lange erwartetes Urteil entgegennimmt, ich hatte es immer gewußt, manchmal gedacht, manchmal innerlich geprobt, Jahre lang. Fünfzehn Jahre lang:

seit ich ausgezogen war und doch dageblieben, weil sie blieb mit allen Zimmern und ihren und meinen Büchern, Regalen, Erinnerungen. Fünfzehn Jahre lang hatte ich mir – selten allerdings – die Frage gestellt, wie es denn sein würde, dies letzte Fortziehen, und hatte, bevor ich mir die Antwort geben konnte, nicht mehr daran gedacht.

Keine Tragödie war es, keine Vertreibung, keine Flucht wie ringsum in Europa, es war nur der Lauf der Dinge, der Lauf der Zeit. Es war ein stilles, selbstverständliches Aufhören, in das sich an den Abenden in der verlassenen Wohnung die Vergangenheit einschlich und mit ihr wiederum Vertreibung, Flucht, Krieg, aus Briefen, Tagebüchern und Fotos; das Vergangene und nicht Vergangene: die Erinnerung – ein Paradies?

An einem dieser Sommerabende hatte mich meine Freundin Elke abgeholt, und wir hatten zwei Stunden in unserer alten Grünauer Kneipe gesessen, sie bei einem Schoppen, ich bei Schwarzbier, wir hatten von den Männern und den Söhnen geredet, von Freunden, Büchern und zum Schluß von ihrem bevorstehenden fünfzigsten Geburtstag, und als wir aus dem warmen Dunst der Kneipe in den Nieselregen traten und in ihr neues Auto (wir sagten immer noch: *Westauto*) stiegen, sagte sie, wie um unsere Unterhaltung zusammenzufassen: »In unserem Alter haben wir das Wesentliche hinter uns. Das Wichtigste haben wir erlebt.«

Sie ließ den Motor an, wendete und fuhr mit Schwung auf die nasse Straße. Ich verstand, daß dieser Satz nicht aus der Klagelitanei der Fünfzigjährigen stammte, auch weil Elke nicht zu den Verlierern gehörte, wenn man von ihren chronischen Brillen- und Schlüsselverlusten absah, die ja eher ein Zeichen ihrer unerhörten Aktivität waren, sondern zu den Lebenstüchtigen und immer noch Hilfsbereiten. Ich blickte in den immer stärker schnürenden Regen. Nein, das Wesentliche war noch nicht geschehen, es mußt noch kommen, es würde eintreten – möglich, daß ich mich irrte, aber wichtig war, daß ich es erwartete.

Während Elke den Pfützen auswich, die zwischen den Straßenbahnschienen standen, fiel mir ein Satz ein, der mir an einem meiner einsamen Abende aus einer Briefseite entgegengekommen war, ein zufälliger Satz, der zufällig klang und ein Abschied war, der endgültige nach so vielen anderen, »Ich kann im Dunkeln nicht mehr Auto fahren«, denn auf dieser selben Straße war er im letzten Winter seines Lebens mit dem Wartburg-Coupé in eine Baustelle geraten und in den Schienen über einem fehlenden Straßenstück hängengeblieben, auf diesem Stück der Grünauer Straße mußte es gewesen sein, in seinem achtzigsten Lebensjahr, vor zwanzig Jahren. Die Straße glänzte und spiegelte. Ich wollte Elke nicht widersprechen, auch, weil sie dies, trotz unserer Freundschaft, im augenblicklichen Zustand ihrer West-Job-Überbeanspruchung nicht ertragen würde, aber ich dachte: Ich warte noch darauf, auf das Wesentliche. Und war es nicht ein Vorzeichen gewesen, daß eben am Abend meines fünfzigsten Geburtstags meine Schwester bei mir in der Küche sitzenblieb, als alle schon zu Bett gegangen waren, und wir über sie zu sprechen angefangen hatten.

Plötzlich hatten wir beide geweint, wir hatten uns umarmt und uns mit ihr, der Achtzigjährigen, die im Nebenzimmer schlief, versöhnt. Sie ist doch alt, hatte ich schluchzend in das Schluchzen meiner Schwester hinein gesagt. Nur an diesem fünfzigsten Geburtstag war das möglich gewesen, nicht allein wegen der ersten genehmigten Westreise meiner Schwester zu mir, sondern vor allem meiner fünfzig Jahre wegen.

Elke umarmte mich, als sie mich an dem einsamen Haus im Park absetzte. Nun war das Wesentliche dies: die stummen Abende in der sich leerenden Wohnung.

Im Licht des noch hellen Himmelsstücks stand ich am Fenster. Ich blätterte in seinen letzten Briefen an sie aus jenem Winter vor zwanzig Jahren, in dem man ihm nach dem Unfall in der Grünauer Straße das Autofahren bei Dunkelheit verbot und an dessen Ende er starb.

Eigentlich waren es keine Briefe, eher kurze Mitteilungen, die er seinen Geldsendungen beifügte, manchmal nur ein Gruß. In einer anderen Mappe fand ich Kinderzeichnungen, auf einer erkannte ich die Boddenwiesen hinter der Veranda des Hauses Saatmann in Ahrenshoop, andere Zeichnungen waren in ein Album geklebt, mein Name und die Jahreszahl 1946 standen auf der ersten Seite, in seiner Handschrift. Zu den Zeichnungen von uns hatte sie später die unserer Kinder gelegt. Alles war aufgehoben. Damit ich es nun noch einmal ansah? Auch von ihr fand ich Zeichnungen und Aquarelle. Die Kindheiten vermischten sich, sie mußte dasselbe Alter gehabt haben wie wir, wie unsere Kinder, sechs oder sieben Jahre; ihre Bilder waren anmutig und sehr lustig, sie hatte sie uns nie gezeigt.

Auch in jenem letzten Sommer schlief ich in dem kleinen Zimmer in der Wohnungsmitte, dessen Fenster auf die Rückseite des Gartens mit der verrotteten Laube, dem im Regen aufgeschossenen Beifuß, den wuchernden Ahornbäumchen ging; in dem kleinen Zimmer, in das nicht mehr als Bett und Schrank, ein winziges Tischchen und ein kleines Bücherregal paßten, das nun leergeräumt war wie die anderen; auch der große zweiteilige Schrank, eine Maßarbeit der Bonzenfirma Schumann aus den sechziger Jahren, Birke außen und rötliches Tropenholz innen, war leer, in wenigen Tagen würde mein Neffe ihn abholen.
Einmal, vor nicht langer Zeit, hatte ich dagelegen und auf den Schrank gestarrt, dieses einst so kostbare Möbelstück, das meine ganze Haus-, Tisch- und Leibwäsche enthalten hatte, aber eigentlich ruhte mein Blick nicht auf dem Schrank, sondern auf einem Picasso-Druck, der irgendwann einmal an einer der Türen hängengeblieben war, ein Stück Klavier war darauf zu erkennen, oder genauer ein Stück Flügel, und plötzlich hatte ich an all die Klaviere gedacht, die wir einmal in dieser Wohnung gehabt hatten, an die Schränke, die in diesem Zimmer gestanden hatten, an

die Betten, und ich nahm mir vor, eine Bestandsaufnahme von allem zu machen, von all diesen Möbeln, diesem Zeug, diesem Kram, diesen geretteten, geerbten, gekauften Klamotten, an denen Staub und Leben klebten und die wiederum an uns klebten oder wir an ihnen, bis wir eines Tages diese verrottende Arche verlassen würden, die nur sie noch steuerte. Es mußte eine Bestandsaufnahme aller Umräumeaktionen werden, die wir im Laufe dieser vierzig Jahre in den fünf Zimmern veranstaltet hatten, wahrer Umzüge, dazu der Okkupation der Wohnung durch Tante Suses Möbel, der Erbschaft, die über uns hereingebrochen war mit ihrem muffigen Geruch, die wir nicht verkommen lassen durften, sowie aller Auszüge, Trennungen, Scheidungen, aber auch aller Wasserrohrbrüche, Sickergrubenverstopfungen, Einbrüche; den Garten durfte ich nicht vergessen, die großen Bäume, die hinten in die Gärtnerei übergingen und vorn in den Park, der langsam herunterkam, wie der Gemüsegarten abgetrennt und mit Baracken der Wohnungsverwaltung zugebaut wurde, wie Garagen aus Dachpappe und Wellblech ringsum wie Pilze wucherten und schäbig ausssahen, bevor sie fertig waren, und ihre Rosen, ihren Phlox, die längstverschwundenen blauen Wolken des Rittersporns und die hohen Nachtkerzen, die zuletzt um das Haus standen.

Das kleine Zimmer lag dem Wohnungseingang so gegenüber, daß man vom Hausflur aus hineinsehen konnte, wenn die Türen offenstanden; immer sagte irgend jemand: Mach die Tür zu! Das Bett bestand aus einem Holzrahmen mit vier niedrigen Füßen, einem Federboden und einer Matratze, darüber lag eine handgewebte Decke mit einem geometrischen unregelmäßigen Muster in Braun- und Helltönen, die sie aus Ostpreußen mitgebracht hatten. Dies war sein Schlafzimmer. Sie schlief im größeren Zimmer nebenan, wo der rechteckige Eßtisch mit vier Stühlen stand, auch sie auf einer improvisierten Couch, deren Rückenlehne Kissen aus grau-rosa Sackstoff mit Sägespänefüllung waren; darüber lag die zweite ostpreußische Decke. Aber daß er wirklich in dem kleinen Zimmer schlief, daran kann ich mich nicht erinnern. Es blieb eine Szene: er kam heim, *betrunken*, wußte ich; sie hatte sich bei mir, im dritten, hintersten Zimmer, dem damaligen Kinderzimmer, versteckt. Er sollte nicht weggehen, er durfte nicht weggehen: ich mußte es ihm sagen, wenn ich es sagte, wiederholte sie, könne er es doch nicht tun. Aber in dieser Szene rief er nur immerfort nach ihr, taumelnd und böse.

Sie zog in das kleine Zimmer. Über dem Bett blieb seine Kohlezeichnung hängen, das Porträt eines hellgelockten Kindes. Er nahm nur weniges von seinen Zeichnungen und Bildern mit.

Meistens wurde das kleine Zimmer von Gästen bewohnt. Nori aus Halle, der Maler Birnstengel aus Dresden, die Großmutter aus Radebeul. Einmal klingelte ein Mann – sie war nicht zu Hause –, der bekannt und fröhlich tat und schon im Wohnzimmer stand. Er käme aus Halle, ein alter Freund.

Wir schlichen ins Gastzimmer, wo der Fremde schon ganz vertraulich seinen Mantel innen an die Tür gehängt hatte, etwas Haariges schaute aus der Manteltasche, das wir für eine Perücke hielten. Sie lachte, als sie heimkam von der Picasso-Vorlesung bei Grohmann in Westberlin, und komplimentierte ihn hinaus; Noris Freund zog seine Fellhandschuhe aus der Manteltasche und verbeugte sich. Das Zimmer war oft besetzt, sie kamen gern, sie fuhren rüber, Bücklinge, Schokolade, Kaffee, Kino.

Einer kam auch ihretwegen. Er erschien mir groß und herrischschön, seine dunklen Augen im scharf geschnittenen Gesicht blickten leuchtend, durchdringend. Komm doch ein bißchen zu mir, sagte er, aber sie ging nicht hinüber ins Gastzimmer, sie lachte (erst im letzten Jahr erzählte sie es mir). Abwehrend.

Ich, die Tochter, ging nackt durch die Wohnung, vom Bad ins Kinderzimmer, wie ich es gewohnt war – um von ihm betrachtet zu werden. Er liebte gerade Beine, genau solche, wie ich hatte. Sein Bildhauerblick tat mir wohl: ich ging darin, ging vom Bad durchs Mutterschlaf-Wohn-und-Eßzimmer ins Kinderzimmer.

Nach 1961 hatten wir kaum noch Gäste. Ich kam spät aus dem Kino, vorm Haus ließ ich mich küssen, leise schloß ich auf. Im kleinen Zimmer war Licht, sie ließ ihre Tür immer einen Spalt offen.
Ich zog in das Zimmerchen, damit K., der eine Zitatsammlung von der Antike bis zur Klassik für mich zusammengestellt hatte und den ich liebte, mein bisheriges kleines Vorderzimmer bewohnen konnte, weit weg von ihr. Sie hatte das frühere Kinderzimmer übernommen. Nun war ich im Zentrum, dem Krieg ausgesetzt, den sie gegen uns führte.
Es fand sich noch Platz für eine Kommode. Auf der Kommode wickelte ich das Kind; das Körbchen stand neben meinem Bett, ich hörte staunend das nächtliche Atmen, das energische Saugen.
Ich schließe die Wohnungstür auf, lasse die Reisetasche fallen, bin mit zwei Schritten am Zimmer, stoß die Tür auf: das Kind sitzt in seinem Bettchen, mit dick geschwollenen Backen, mit einem Gesicht, das an meine Heimkehr nicht mehr glaubt. Es sieht mich an, fremd und traurig. Ich verspreche ihm wieder, nie mehr wegzufahren.
Das Jugendbett (Sprelacart, Preßpappe, Schaumgummimatratze) paßte nicht mehr ins Zimmerchen. Das Kind wanderte mit Autos und Eisenbahnen, mit seinen Kisten, Hämmern und Nägeln in das entfernte Zimmer aus, das K. bewohnt hatte.
Mein Besucher durchquerte Europa. Ich konnte nichts weiter tun, als auf ihn warten, seine behördlich geöffneten Briefe lesen. Der Besucher brachte auf dem Dach seines Autos ein Gestell aus Eschenholz mit, er kam im Winter, über die Alpen, durch Schnee und Regen und baute in dem kleinen Zimmer ein neues Bett für uns beide auf.
Es sollte mein Zimmer bleiben, als ich wegzog, mit ihm und mit dem Jungen. Bett, Schrank, Bücher blieben zurück. Aber allmählich ergriff sie wieder davon Besitz, im Schrank hingen ihre Kleider. Als ich das Zimmer umräumte, um es zu vermieten, eine letzte irrsinnige, gutgemeinte und falsche Aktion, damit sie nicht

so einsam sein sollte in den vielen Räumen, gab es noch einmal Streit. Schreiend rannten wir durch die Wohnung. Das Zimmer blieb so, wie sie es wollte; sie schlief darin, wenn sie allein war, weil sie in dem kleinen Raum in der Wohnungsmitte weniger Angst hatte.

Wenn ich zu Besuch kam, war ich zu Gast in meinem alten Zimmer. Auch beim letzten Mal, in den Pfingstferien, hatte sie mir das Bett bezogen, trotz ihrer geschwollenen Beine, trotz der Schwäche. Sie fragte mich abends, als sie an mein Bett kam, noch hellwach von unseren Gesprächen und erregt von all den aufwirbelnden Erinnerungen, ob ich die Zeichnung meines Vaters, das Porträt des hellgelockten Kindes, das immer noch über dem Kopfende hing, mitnehmen wolle.

Nein, sagte ich, nein.

»Du sahst aus wie ein Engel.«

Von den Alpen ein Wind, hell der Himmel, lenzblau die Isar. Sie haben bei der Schwester übernachtet, in Bogenhausen, Unterbrechung der Reise ins Allgäu, ein schöner Tag. Der Maler geht zeichnen. Holst ein paar Brezen, sagt die Schwester. Sie mit dem Kind an der Hand auf der schönen breiten Straße. Jubelnde Sonne. Das Kind macht kleine Schritte, die Löckchen wippen, weiße Löckchen, ein weißblonder Korkenzieherwuschel, gleißend im Licht. Das Kind an der Hand, Wörtchen, Schrittchen, indes sie plötzlich sieht, wie Männer ihr entgegenkommen, eine festgegürtete Gruppe, Schulterklappen, Glasaugen, Steinaugen, raschraschrasch kommen die Schritte – ein scharfes Knallen, Leder und Stahl, schon sind die Leder- und Stahlgesichter heran, schon sind sie vor ihr, Riemen Gürtel Pistolen, das Kind hüpft, das Händchen in ihrer Hand, keine Nebenstraße, schon beugt er sich herab, wie er es zu tun pflegt, Sturzflug, Geschwader, keilt herab auf die Beute, ein blondes deutsches Kind, ist Publikum da? Sie umklammert das Händchen, der beugt sich, ledern und klirrend, die kehlige Schreistimme gurrt und rollt, herzig, krächzt aus zu enger überspannter überanstrengter Kehle, herzig, das weißblonde Gelock hüpft unter dem Atem der toten Maske, die eiserne Strähne rutscht, er lacht, grinst, richtet sich auf, die Sekunde genutzt, sie rucken los, sie rappeln, trampeln, knallen die Hacken, die Stiefel tretens Pflaster, das Kind hat ein Wörtchen gesagt, die Frau wacht auf, ihre Knie knicken, die Hände, vereist, glitschen, sie hält sich fest am Händchen, es führt sie zurück, Ludwigstraße, wir sind auf der Durchreise, dort hinten das Hauptquartier, nicht zum Bäcker, so schnell wie möglich zurück, das Zittern breitet sich aus, steigt die Arme hoch zum Hals, über die Brust, den Nacken, es hinterläßt auf der Haut eine Kälte, einen juckenden Schauer. Was ist, fragt die Schwester, aber sie rennt an ihr vorbei, die Worte können noch nicht aus ihr raus, sie fällt ins Zimmer, ihn gesehn, sagt sie und wirft sich auf die Couch, das Gesicht nach unten. Ganz aus der Nähe, vor uns hat er gestanden, anfassen wollte er, das Kind wollte er anrühren, sie schaudert, sie ist schweißnaß und friert, auf den Armen zeigen sich blasige Flecken. Sie zieht sich die Decke über den Kopf. Hab ihn gesehen, ganz nahe, vor mir ist er gestanden, mit dieser blutigen erdigen Stimme, den Totenaugen, zieh die Vorhänge vor, mach dunkel.

Das Kind bleibt bei ihr im Zimmer, es hält sein Stofftier im Arm, es tanzt einen stummen Tanz vor der Couch, dann fängt es mit leiser Stimme zu singen an, ein Gutnachtlied am hellen Nachmittag: *Mama ist krank*, singt es, und es tanzt dem Maler entgegen, der mit dem Zeichenblock hereinkommt, Mama ist krank – Mama ist krank, es tanzt und singt seinen Singsang und wiegt dazu das Stofftier in den Schlaf.

2 *Weiß:* Tränen auf frostiger Haut, knirschendes Weiß, mußtest rutschen und laufen, Wollsocken über den Schuhen, stapfen ins Hohe, zur Hülle, der Deckenhöhle auf dem Schlitten, in die rauhwollige braunkarierte Wärme, die längst zerfallen zerschlissen ist und noch immer wärmt, warst geschützt von Zaun und Haus und Bäumen, Vögel umflatterten das Vogelhäuschen auf hohem Bein. Sein war: hineinzeichnen die eigenen Schritte ins Weiß – zu den Vogelspuren, den Schlittenspuren, weiß in weiß. Die Stimmen hell, Eisblumenlieder auf den Fenstern.
Weiß. Leicht und weich.
Weiß nicht mehr. Weißt du noch?
Was ist Erinnerung, was erinnerte Erzählung?
Der Schnee, 1943 gemalt, war dagegen grau und schwer, er lag wie dicke Kissen auf Wegen und Büschen, um den Eingang zum Erdkeller, wattig hing er in den Bäumen, die den Blick einschlossen und in den Garten lenkten, in dessen Mitte Elfriede in der roten Jacke Holz hackte. Ein Weiß, das nach Tauwetter aussah, leicht gemalt und doch genau, in fast naiver Manier, so schien es mir, als ich das Bild im Flur der Berliner Wohnung mit plötzlich erwachter Neugier betrachtete, als könnte ich etwas darin entdecken. Was konnte es mir sagen, außer daß es eine Spur akademisch und dennoch malerisch war, mit dieser leichten oder leichtfertigen Naivität in der Darstellung des Schnees? Was sagte das Datum, dieses *1943?* Das undurchdringliche Grau hinter der Kulisse aus winterkahlen Bäumen, die den Garten umschlossen, was konnte es sagen über den Maler, über mich?

Höher, horizontweit war das andere, das Sommerweiß. Es flog mit den Möwen, es schäumte, toste über den Strand, über die Buhnen, in die winzige Unendlichkeit. Mein Sein, noch kein Ich, war nackt, in weißer Helle. Es rannte, hüpfte, kniete im Sand, es baute: Zimmer an Zimmer, aus Tang und Rindenstückchen, es baute Wohnungen, Umgrenztes mit kleinen Schatten im blendenden Licht. Aus dem Sand leckten Wellenzungen Muscheln heraus und Steine. Zwei Kinder liefen den Strand entlang, sammelten im weißen Sand weiße, glatte, ovale Steine. Zwei Kinder, nackt in ihrer Sonnenhaut, suchten Formen, die ihnen bedeuteten, was sie wußten, was wir aber nicht mehr wissen. Sie zählten, bevor sie zählen konnten. Ich mehr als du. Du soviel wie ich. Steine, weiße Eiformen. Weiß der Strand, der Sand, von Füßen gespurt, weiß die Gischt, der Tag war hell und lang, er endete nie. Im Rauschen mischten sich die kleinen Stimmen. Plötzlich war es Abend. Aber das Rauschen blieb, innen und außen, tag und nacht. Christian ging heim zu den Großeltern hinter dem Gartenzaun. Die weißhaarigen Großeltern hießen Seliger. Morgen war fern und selig gewiß: eine neue, helle Unendlichkeit.

»Als du endlich Haare bekamst...«, sie lachte. Sie hatte es mir oft erzählt. Die Freunde spotteten über den runden, nackten Schädel des Neugeborenen: Wie der Vater! Wie der schon fünfzigjährige, ziemlich kahle Vater! Als dein Haar endlich wuchs, war es blond, ein silbriger Flaum. Engelhaar. Weiß. Gischt. So zeichnete dich dein Vater. Die Gischt des Meeres, dort unten, unterhalb des Hauses – ein Weg führte aus dem Garten die Steilküste hinunter – Büsche, Brennesseln, Stufen – weiß nicht mehr wie – zu unendlichen Spielen. Weiß nur noch dies.

Weiß: Bitter auf der Zunge. Saft, von einer weißen Schicht umpelzt, himmelsfern, weihnachtlich, streng, ein Geschmack, den du nie wieder gefunden hast im Leben, eine Bitternis, blumig, ein herbes Fell geträumter Aromen, vermischt mit gelbroten Tropfen. Das trockene Weiß war die Essenz, sie war das Köstliche, nie wieder geschmeckte. Erste einzige Orange, Kriegszuteilung für Kinder, in der bittersüßen Weißschale: dem Rand, dem Übergang zwischen Innen und Außen, Christkindgeschenk.
Nein, keine Sonderzuteilung, sagte sie. Die Obstfrau gab sie mir heimlich, weil ich sie massiert hatte. Heimlich, schon verpackt in einer Tüte.

Stimmen. Jemand sagte: das sind Kinder, sie sprechen und singen. Jemand sagte: die Stimmen kommen auf Drähten, durch die Luft. Draußen schwangen Drähte im Wind, von der Straße zum Haus, Vögel landeten flatternd. Stoff war vor die Stimmen gespannt. Helle Stimmen. Du wußtest: es waren Vögel. Sie sangen in einer Sprache, die du nicht verstandest, weil die Wörter von den Drähten aufflogen, die von der Straße zum Haus gespannt waren.
Du sangst. Dein Lied sprang aus einem Buch, das vor dir lag...
Du sangst von schwarzen Beeren, weißen Lämmern. Auf den Lippen hattest du den Geschmack der Beeren, die im Spankörbchen auf der Buchseite vor dir standen, schwarz und blank, du schmecktest die Sonnenhitze und die Süße der Liedworte in der sanften Sprache. Niemand sprach sie, nur sie mit unsichtbaren Freundinnen, Briefsprache, Traumsprache, *vita lam, har du nogon öll*, weißes weißes Lämmchen, weiße weiche Wolle, für Mutter und Vater, *mor ock far*.

Wir saßen einander gegenüber in ihrem ehemaligen Wohn-, Eß- und Schlafzimmer, das nun von Tante Suses Biedermeiersofa beherrscht wurde, sie auf ihrem Stuhl, ich auf dem Sofa. Eine Frage genügte. Sie war erfüllt von Erinnerungen, ihr Leben wartete auf meine Fragen, es lebte und entfaltete sich, ihr langes Leben, sobald sie die ersten Worte gesprochen hatte. Sie nahm mich mit, zog mich in den Strom, in den Wirbel, der alles erfaßte und mischte und trug: ihre Erinnerungen und meine, und das, was uns von Erinnerungen anderer einfiel, bis ihr mageres Gesicht sich rötete. Sie vergaß die schmerzenden Beine, wir streiften durch den Garten von damals, wir waren daheim, im wahrhaften ewigen Daheim, unter all den Guten, Geliebten, die zu uns zurückkehrten aus dem Nichts. Da standen wieder die Birken am Zaun, die Johannisbeerbüsche, der blauschimmernde Rittersporn schwankte, die Nachtkerzen strebten vor der Veranda in die Höhe, Gäste kamen; sie ging durch den Garten und streute

Sand, weißen Sand, den die Gäste vom Strand heraufschleppten; sie hatten viele Gäste – auch in den dunklen Jahren – die zum Baden kamen und auf der Terrasse vor der Veranda Tee tranken, alle mußten einen Eimer Sand über den steilen Uferweg mit heraufbringen, so wurde der schwere Lehmboden im Garten allmählich locker.
An den weißen Sand erinnerte ich mich, und an den weißen Schnee...

Der Schnee ist feucht, die grauen Schatten zeigen, wie schwer und naß er ist, auch der Himmel ist grau. Um den verschneiten Garten mit der Holzhackerin stehen Bäume, die sich vor dem undurchdringlichen Grau des Himmels ineinander verflechten.
Die Holzhackerin ist das Hausmädchen Elfriede. Groß, kräftig. Sie schwingt das Beil hoch über den Hackklotz. Im Schnee liegen gelbliche Scheite. Elfriede trägt eine rote Jacke, ein heiterer Fleck in der Mitte des Bildes, der einzige, hell wie frisches Blut. Auf der einen Seite des Bildes zeichnet sich unter dem Schnee eine Erhöhung ab: der Erdkeller, der gebaut wurde, als das Sommerhaus zum Wohnhaus wurde. Zuletzt war er ein illusorischer Schutz, wenn die englischen Flieger auf dem Rückflug von Königsberg die restlichen Bomben überm Meer abwarfen und die Steilküste erbeben ließen und mit ihnen das Holzhaus, den Erdkeller, den Garten, die Bäume, die Kaninchenkisten, den Hühnerstall. Aber daran erinnere ich mich nicht, nicht an das Zittern der Erde, nicht an ihr Zittern, während sie, etwas gebeugt, mit uns beiden Kindern im Erdkeller stand. Das Bild ist still, weiß-grau, von Birken und Weiden umschlossen, in der Mitte der erhobene Arm, das fallende Scheit, der helle rote Fleck. Ich habe es nie eigentlich betrachtet, es nie genau und prüfend in Augenschein genommen, ich habe es nie angesehen, wie man ein Bild ansieht. Es war immer da, vierzig Jahre lang hing es im Flur der Berliner Wohnung, wenn ich aus der Schule kam, aus der Universität, von der Arbeit, und später, wenn ich zu Besuch kam, in das langsam zerfallende

Haus, aus dem sie nie ausziehen wollte. Er hatte es ihr gelassen, als er sie verließ.

Ihr Bild war sicher ein anderes als meins: ein Stück ihres Gartens, ein Tag aus ihrem ostpreußischen Winter, aber vor allem war das Bild *er*: der Maler vor der stillen Szene. Sie sah ihn zeichnen, mit den Skizzen im Atelier verschwinden, das nichts weiter war als die umgebaute Garage (das Auto war schon längst für den Krieg requiriert), und dort die Farben auf die Palette auftragen. Sie liebte das Bild, es gefiel ihr besser als die Arbeiten des Freundes Partikel, der eine Flora nach der anderen malte – in solchen Zeiten! – liegende, stehende Florafrauen, mit Blumen oder Früchten im Arm und mit einem runden Ansatz der Schulter, der die Gestalt fest und plastisch machte und eine Spur germanisch. Sie liebte das Schneebild, das signiert war: »H. H. 1943«.

In meinen Bildern, die nicht gemalt sind, nur ein Wehen, ein Glitzern, war der Schnee weiß, brennend weiß, daß die Tränen kamen, noch in der Erinnerung, und man nach der Mutter rief, den Müttern.

Auf dem Rückflug von den Pfingstferien, die ich bei ihr verbracht hatte, fand ich in den Berliner Morgenzeitungen eine kurze Notiz: »In Tegel eröffnete gestern Aeroflot die erste Linien-Verbindung von Deutschland nach Königsberg (Kaliningrad), Flugzeit: eine Stunde. Interessiert seien, so die Leiterin des Flugbüros, hauptsächlich Deutsche, die ihre Heimat Ostpreußen wiedersehen wollen.«

Ich flog nach Hause in entgegengesetzter Richtung, nach Mailand, unter uns wurden die Alpen sichtbar; ich flog nicht nach Ostpreußen, aber einmal, vor Jahren, auf einem Flug nach Leningrad, hatte ich plötzlich unter mir als schwarzen Umriß in weißsilberner Ostsee ein Landgebilde mit zwei ins Meer stoßenden schmalen Zungen erblickt und ihre nicht mehr existierenden Namen gedacht: Samland, Frische Nehrung, Kurische Nehrung.

Namen aus der Vergangenheit. Im Juni 1993 kam ich von ihr, aus ihrer – und meiner – Berliner Wohnung, die mir noch immer ein Zuhause war. An allen Abenden hatten wir, einander gegenübersitzend, sie auf ihrem Stuhl, ich auf Tante Suses Sofa, von Königsberg gesprochen, von Cranz, Nidden, Rauschen, Pillau, den Orten aus dem Nichtmehr.

Wollte ich Königsberg wiedersehen? Konnte ich es erreichen mit Aeroflot und in einer Stunde Flugzeit? Konnte ich meinen Ort an der See im ewigen Schlagen der Wellen wiederfinden, das Ufer, das Haus, den Garten, den Strand, wo ein Kind Zimmer baute aus Rindenstücken und Tangresten und Zweigen einer kleinen, spitzblättrigen Pflanze, die sich im Sand festklammerte, Zimmer, die seine wahre Wohnung sind?

Ich möchte nicht nach Königsberg (Kaliningrad), dachte ich. Ich will nichts wiedersehen. Die vernichtete Stadt, die leere Stelle an der Steilküste, wo ein Holzhaus stand, ein Maleratelier, ein Garten, ein Erdkeller. Das Haus ist verbrannt. Ich will es stehenlassen im Erinnern. Ich habe nichts zu besichtigen, nichts wiederzuerkennen, keinen Spuren nachzuwandern. Nur in uns sollen diese Orte aufscheinen, wenn sie es noch vermögen. Wenn wir sie noch zu rufen wissen.

Innen war Hell und Dunkel. Hell das große Zimmer, wo sie, in ihren Korbstühlen sitzend, die Zeitung mit ausgestreckten Armen vor sich hinhielten und die Wörter rascheln ließen. Du aber holtest die Beerenkörbchen und die Blumen, die Schmetterlinge und die Wiesenzwerge, du mußtest sie nur aufschlagen, sie lagen auf dem braunen Regal in der Ecke:

Bä, bä, vita lam
har du nagon ull
Ja, ja lilla barn,
jag har sacken full...

Das Versprechen des weißen Lämmchens entzückte dich, denn das Kind auf der Wiese warst du, das Kind, das in den Wald zog, das Kind das hinauswanderte in die himmelblaue Welt, mors lille Olle, das warst du. Du wußtest nicht, warum das weiße Lamm dem Vater einen Sonntagsrock und der Mutter ein Feiertagskleid versprach, du wartetest auf die schönste Zeile, die Ankündigung, die dich mit Sehnsucht und Zärtlichkeit erfüllte und die du wieder und wieder hören wolltest, du sahst sie genau, die winzigen weißen Strümpfe für den kleinen kleinen Bruder, sie waren auf einer Leine über dem Lied aufgehängt
*och tva par strumpor
at lille lille bror.*

Mit Ockerfarben umfing dich das große Zimmer, grün die luftige Veranda, gelb thronte der Kachelofen mit seiner ringsumlaufenden Bank in der Mitte.
Tiefer im Haus war es dunkel. Einmal flüchtetest du, doch sie standen vor dir, du hocktest in Höhe ihrer Arme, du rücktest in die hinterste Ecke und wußtest doch, daß sie dich gleich fassen würden und dir wieder die Binden von den Beinen reißen würden, dir diesen Schmerz antun würden, sie redeten dir zu, du glaubtest ihnen nicht und mußtest doch nach vorn rutschen, in die Nähe ihrer Hände. Wer hatte den Eimer mit dem kochenden Wasser stehenlassen, in den das Kind gestolpert war?
Es trug Strickschuhe mit Sohlen aus glattem Handschuhleder, die ich wiederfand in jenem langen Sommer, als ich die Schubladen leerte, sie lagen klein und grau auf dem Grund eines Fachs. Ich erkannte sie erst, als ich sie weggeworfen hatte.
Schwarz war die Nacht draußen, schwarz war der platte Mann mit dem großen Hut, der um das Haus schlich. Sie ließen ein Licht im Korridor gegen den Kohlenklau. Da wurden die kleinen Blumen auf den Vorhängen ums Bett munter, sie rissen ihre Mäuler auf, zeigten Krallen, glotzende Augen. Die Fratzen tanzten, sie wirbelten weiß auf rot, sie ließen dir keine Ruhe, bis sie plötz-

lich verschwanden. Sie lauerten in den Falten – und da: das Spiel ging wieder los, doch umgekehrt, jetzt waren es rote Fratzen, die aus dem Weiß hervorlugten, klein und böse mit ihrem Rundauge und dem kurzen Schwanz, und den zuckenden Tanz wieder aufnahmen.
Später hingen die rotweißen Gardinen in unseren Kinderzimmern, in Halle, in Berlin. Das Muster war winzig geworden, von den bösen quälenden Spielen war nichts mehr zu erkennen, und doch spürte ich beim Anblick des Stoffes einen Untergrund von Antipathie, eine Erinnerung an die unermüdlichen Ungeheuer, die sich nun im lustigen Muster verflüchtigt hatten.

Hinterm Haus standen sie, Gesicht an Gesicht, von Drahtwaben getrennt, wolkig das Kaninchen, rosa die Nase, ein Zittern und Grummen und weiches Haar, das täglich gekämmt wurde. Das Kind antwortete dem Grummen.
Ich kann jetzt lesen, sagte das Kind, es hielt ein Stück Zeitung vors Gesicht und bewegte die Lippen. Das Papier raschelte, das Kind mümmelte, es konnte nun, was die beiden, er und sie, ihm vorgemacht hatten, wenn sie im Zimmer in ihren Korbstühlen saßen, die Zeitung in den ausgebreiteten Armen.
Das Kind wartete, daß das Löwenzahnblatt unter dem rosa Dreieck kürzer wurde. Es stand hinter dem Haus, wo Erdkeller und Holzplatz im tauenden Schnee für immer gemalt blieben, es legte die Hände auf die kleinen Türen, die silbrigen Drahtwaben, hinter denen das andere Gesicht rosaweiß geradeaus schaute.

»Diese Kämmerei!« sagte sie.
Sie hatte mir die Geschichte vom Angorakaninchen so oft erzählt, vom Stall, den der malende Architekt baute, vom Haar, das sie dem Kaninchen Tag für Tag auskämmte, das sie sammelte und spinnen ließ, von dem weißen Angora-Pullover, den sie für das Kind strickte, vom alten Augstein, der das Kaninchen schlachten kam, und wie das Kind kein Fleisch anrührte, so oft

hatte sie das alles erzählt, dem Kind und mir, daß die Erinnerung an das weißrosa Gesicht fast verblaßt ist.
Wer war der alte Augstein?
Ein ehemaliger Instmann.
Schlachten konnte er auch?
Er konnte alles, sagte sie ungeduldig, denn der alte Augstein war uns beiden gut bekannt, wenn auch mir nur aus ihren Erzählungen. Sie fuhr fort: dafür nahm er das Fell mit. Du rührtest nichts an. Lange wolltest du kein Fleisch mehr essen. Dann, eines Tages hattest du es vergessen, dein Kaninchen.
Wir saßen abends einander gegenüber, ich mußte auf das Biedermeiersofa, von dem man so schwer wegkam. Tagsüber las ich in der Bibliothek Mikrofilme. Ich las das Jahr 1944 im »Völkischen Beobachter«, las die immergleichen Berichte über planmäßige Absetzbewegungen auf der ersten Seite und die Fülle von Kleinkram, Vermischtem, Blöd-Heiterem auf den Innenseiten, Aufrufe für Lebensmittelkarten, Schlachtfette für Speiseöl, billige Ratschläge, Pilze als Eiweißquelle, Erbauliches, Kinderreichtum in allen Volksschichten, Kellner wegen Feindbegünstigung hingerichtet, auch das im Vermischten. Kaninchenfelle kriegswichtig! Deckung des Eigenbedarfs aus Eigenerzeugung verboten Nach dem Abziehen muß das Fell gespannt und im Schatten langsam getrocknet Einen Fellspanner kann sich jeder nach der von der Reichsfachgruppe Kaninchenzüchter herausgegebenen Flugschrift »Auf jedes Fell kommt es an« herstellen Drei Wochen nach dem Abziehen sind die Felle reif zur Abgabe bei der nächsten Sammelstelle.

Abends bei ihr, auf dem Sofa. Gabt ihr das Kaninchenfell ab?
Sie lachte, verächtlich.
Sie hatte mir erzählt, was sie abliefern mußten: Das Auto, später die Skier. Die lagen dann irgendwo in großen Haufen herum. Die Bücher hatten sie versteckt.
Der alte Augstein nahm das Fell mit, und basta.

Sie standen am hohen Ufer, der Sturm riß an den Bäumen, er füllte die Luft mit einem grellen Sausen, in das sich das Rollen der Brandung mischte, in ihrem Rücken lagen, flach hingestreckt unter dem Wind, der Garten, das Haus, das frühere Sommerhaus, das jetzt ihr Lebenshaus war.

Sie hatten die Dachwohnung am Schloßteich aufgegeben, sie hatten die berühmte Stadt an der Pregel aufgegeben, mit dem Schloß, dem Speicherviertel, den Bauten der Moderne. Es war eine Stadt gewesen, die offen schien, während sich über dem Zentrum des Landes der Horizont schon verengte.

Wo der Architekt H. H. sich zur Neuen Sachlichkeit bekannte: »Die nüchternste, rechnerischste, in gewissem Sinne also geradezu unkünstlerischste Lösung wird die wahrhaftigste, die zweckdienlichste, die befriedigendste sein und aus einer Summe solcher Lösungen wird sich allmählich ein neuer Kanon ergeben«, wo er Großes bauen konnte: das Messehaus, die Schule, das Hotel. Wo eine junge Heilgymnastin Arbeit fand. Damals: als das Leben aufstieg.

Ein Jahr später fuhren sie aus der Stadt an die See, nicht zum Baden, nicht zum Gärtnern oder zum Malen. Es war besser, nicht zu Hause zu sein. Die junge Frau und der erfolgreiche Architekt machten eine eigenartige Hochzeitsreise. Sie waren unterwegs, eine Nacht hier, eine Nacht dort, der Spuk sei bald vorbei, sagten die intellektuellen Kreise. Sie hatten gelacht über den Blut-und-Boden-Stil, nie würde man sich denen unterwerfen, nicht in der Kunst, nicht im Leben, nie Blut lecken und den Boden küssen vor solchen, das hatten alle gesagt. Aber schon mußte man sich verstecken, schon floß Blut, schon wurde man in Kellern zu Boden und blutig geschlagen. Schon grüßte jemand jemanden nicht mehr. Sie schliefen bei Freunden, sie verließen die Stadt, die große, berühmte, die den triumphierend einreisenden Mann des Heils bejubelte. Es blieb ihnen das kleine Holzhaus, sie hatten einen Ofen gesetzt, die Fenster verdoppelt, den Erdkeller gebaut.

Sie standen am Steilufer hinter dem Garten. Der Sturm wühlte in den Wolken, im Wasser. Am Waldrand neigte sich ein Baum, fiel langsam, rutschte ein Stück die Böschung abwärts, die Wurzeln starrten aufwärts, die Krone schlug auf den Strand.

Einer war an ihnen vorbeigegangen, einer, der das Meer liebte. Sie kannten ihn, er war ein guter Schwimmer, sie sahen, wie er die Kleider am trockenen Streifen des schaumüberspülten Strandes zusammenlegte. Er rannte in die Brandung, gegen die Wellen, Arme wie Fügel, über der brechenden Herbstwut. Das Meer war weiß, weiß vor Tollheit. Sie hatten ihn gewarnt, sie hatten ihm gesagt, die See würde ihn hinausziehn. Er kenne die See. Die Frau hatte mit einer kurzen bittenden Bewegung einen Augenblick nach seiner Jacke gefaßt. Der Schwimmer, lachend: im Herbst sei es am schönsten.

Er war schon über den Sand, den Schaumrand hinweg.

Er schwamm. Sie sahen ihm zu, sahen ihm nach. Wie er wendete, die Arme hochriß – zu ihnen hin. Sie standen, gegen den Sturm gebeugt, kein Mensch, kein Boot ringsum, niemand. Sie standen, und der Schwimmer da draußen schwamm, fortgerissen, hinaus ins Graue. Der Sturm schrie.

Zwei Tage später wurde er gefunden.

Sie haben immer wieder darüber gesprochen. Sie haben es einander immer wieder erzählt. Sie haben die Wörter ihres Gesprächs gezählt, die Minuten. Sie haben ihre Sätze wiederholt, sein Lachen. Die Frau hat ihre Geste wiederholt. Wie jemanden festhalten, der hinausstürmt, sicher und nichtsahnend? *Ich kenne die See.* Sekunden, Minuten. Wie er wendete, weit draußen, schon fast nicht mehr sichtbar, bestimmt nicht mehr hörbar im Brüllen der Luft und des Wassers. Die hochgerissenen Arme. Kein Mensch weit und breit. Das Dröhnen und Donnern der heranbrechenden Wellen, die weiße Leichtigkeit des quellenden Schaumstreifens.

Zusehen müssen..., hatte sie gesagt, damals; sie wiederholte es, als sie mir gegenübersaß.

Die weite Landschaft der Strände. Sandland, in dem wir Zimmer bauten. Wände aus Rinden und schwarzem Tang, Zimmer, in denen wir wohnten mit unseren Geistern. Teppiche aus weißem Sand, Gärten aus weißem Sand, grüner Strandhafer wuchs dort und die kriechenden Zweige der Strandmiere. Die Sonne stand über unseren Wohnungen, Wärme ging durch unsere Häuser, viel kleiner als wir waren diese Häuser, wir waren Riesen, wir wohnten am Rand der Unendlichkeit. Die Tage waren lang, wir waren doppelt und nackt, wir fanden Eiersteine, sie sprangen weiß aus dem weißen Sand, entblößten sich unter unseren Füßen, ich schenke dir meinen, und du behalt meinen, wir legen sie unter die Kissen, wir werden sie fühlen, glatt, ewig.

Die Erwachsenen saßen im Garten, die Nachbarn, die alten Seligers, weißhaarig, am Teetisch mit den bunten Tassen, die Sonne flimmerte warm durch die Bäume, die Beete quollen über von Blumen, im Schatten stand der Kinderwagen mit dem neuen, winzigen Kind, von einem Schleier bedeckt. Wunderschöner Sommer, wundenschwerer Sommer. Der Freund Partikel hatte seinen Sohn verloren, den achtzehnjährigen Adrian. Was für ein Juli. Der letzte. Iris, die letzten; Nachtkerzen, Malven, die letzten; die Astern werden wir nicht mehr sehen. Sie saßen in der Sonne, sie tranken Tee, man muß packen, wir glauben es nicht. Christian, wir gehn heim.

Das Spiel endete nicht, das Spiel trennte nicht in ich und du, es mischte uns, wir spielten weiter, das große Rauschen wartete auf uns bis zum Morgen, nur den Weg durch den Garten, die Büsche, die Brennesseln, dann das Steilufer hinunter... und wir waren wieder in der Ewigkeit.

Christian war abgereist.

Er war abgereist mit der Großmutter, das helle Gegenüber, mein Anderes, Gleiches im Spiel. Er hatte ein Geschenk dagelassen, eine buntbemalte Blechschachtel, über und über mit Palästen, Palmen, Girlanden geschmückt, *Made in Bombay*, sagte die Aufschrift, die ich viel später entzifferte und nicht verstand.

3   In jenem regnerischen Sommer waren die Nachtkerzen hoch und üppig aufgeschossen, ich sah sie, während ich am Fenster stand und in den grünwuchernden Garten hinaussah, und gleichzeitig hörte ich mich etwas ausrufen. »Ich hasse diese Wohnung!« Ich war so erregt gewesen, daß ich es fast geschrien hatte. Wir hatten nicht im großen Zimmer mit den Bücherregalen gesessen, sondern in ihrem, wo das Biedermeiersofa stand, auf das sie mich plaziert hatte, damit ich stillsaß und nicht immer in die Küche rannte und ihr Erzählen unterbrach. Ich hatte ihr wieder einmal alle Nachteile der Wohnung in dem zugrunde gewirtschafteten Haus beschrieben, wieder einmal all den Ärger, die Mühen und nun, in der neuen Zeit, auch die Kosten, die Miete, den Tausender, den sie verfeuerte, ohne daß die fünf Zimmer sich erwärmten, das durchsickernde Regenwasser, die feuchten Wände, die weggefaulten Fensterläden und all die Widrigkeiten mit der neuen Hausverwaltung, die die alte geblieben war... All das, was sie selbst sehr gut wußte. Ich hatte mich erhitzt und mir fast selbst geglaubt: »Ich hasse diese Wohnung!« verkündete ich mit schriller Stimme, die ich immer bekam, wenn ich mit ihr etwas besprechen mußte, von dem ich von vornherein wußte, daß sie nie nachgeben würde.

Ich fand immer neue, sehr plausible Gründe dafür, daß sie endlich in eine kleine, bequeme Wohnung zog, wo sie nicht mehr die Kellertreppe hinunter mußte, um den qualmenden Zentralheizungsofen in Gang zu setzen, wo sie nicht mehr die Asche nach oben schleppen, Kleinholz sammeln und Scheite zerhacken mußte. Ja ja, sagte sie, und während meine Stimme den höchsten Punkt der Schrillheit erreichte und ich ihr ausmalte, daß sie die horrende Einsamkeit doch nicht mehr ertrüge und die nächtliche Angst, die Stimmen, die Geräusche, daß ihr der Garten keine Freude mehr mache und viel zu groß sei für sie allein, da sagte sie leise: »Du magst ja recht haben.«

Sie sagte es so sanft, so müde, daß all mein Eifer ausgelöscht war, meine Besorgnis und meine guten Ratschläge verstummten. Wir hatten uns bei jedem meiner Besuche bis zur Erschöpfung durch dieses Thema geredet, immer wieder hatte sie mir erklärt, daß sie nicht mehr umziehen könne, daß sie ausharren müsse. Ich bin zu oft umgezogen, nun muß ich bleiben. Von den Gesangbuchversen, die ihr mühelos einfielen, hatte sie die Zeile »harre meine Seele« zitiert, mit jenem ironischen Singsang, den sie für die Kirchenlieder gern verwendete, *harre meine Seele...*

Einen Augenblick lang glaubte ich, mein rechthaberisches Gerede habe sie überzeugt, aber der Gedanke war schon erledigt, bevor er zu Ende gedacht war. Ihre überraschende Sanftheit drückte etwas aus, was sie nicht für nötig hielt, mir zu erklären. Eine Art Mitleid, eine Duldsamkeit für meine Blindheit. Sie hatte es aufgegeben, mit mir zu rechten; sie war meiner guten Absichten, meiner guten egoistischen Absichten müde, sie nahm sie mir nicht mehr so bitter übel wie in der Vergangenheit, aber sie wollte sich nicht mehr vor ihnen verteidigen müssen. Du magst recht haben, sagte sie, erhob sich mit einer gewissen Anstrengung von ihrem Stuhl mir gegenüber an dem schmalen Tisch und setzte sich in ihren Sessel vor dem ausgeschalteten Fernseher, wie um Abstand zu mir zu gewinnen, um von meinen Argumenten abzurücken, die sie, wenn wir früher gestritten hatten, *dumm und superklug* genannt hatte.

Während ich am Fenster lehnte, in den grünwuchernden Garten hinaussah und unsere Stimmen hörte, bemerkte ich die Nachtkerzen. Sie standen hoch vorm Fenster und um das ganze unbewohnte Haus, sie hatten es umzingelt wie eine Hecke, sie wuchsen auch aus den Ritzen zwischen den zerbröckelnden Ziegeln des flachen Sockels, der sich um das ganze Gebäude zog. Die unteren sternförmigen Blattstände formten einen dichten silbergrünen Saum, aus dem die Stengel ragten, die mit Knospen besetzt waren und auf denen trotz des Regens einige Blüten in hellem Gelb aufleuchteten. Der feuchte Sommer hatte ihre Entwicklung befördert, die Pflanzen drängten aus dem mageren

Sand empor, kraftvoll, mit dicken Blättern und ungewöhnlich starken und hohen Schäften, wie Kerzen in diesem stummen Garten, der kein Garten mehr war. Ich sah sie, als ich am Fenster stand, um das letzte Tageslicht auf die Fotos fallen zu lassen, die ich in einen Karton legte.

Ich sah den erlöschenden, gelben Schein der Blüten. Mir fiel ein, wie ich im letzten Winter im Dunkeln angekommen und beim Anblick einer Reihe dürrer, im Nebel schwankender Gestalten erschrocken war; es waren dürre Nachtkerzenreste, wie ich dann am Tag sah, die ich nicht anrühren durfte und von denen ich heimlich doch einige ausriß und ins Gebüsch warf, um wenigstens den Hauseingang von diesen smoggeschwärzten Pflanzenkadavern, diesen gespenstischen Wächtern, zu befreien. Sie sah verächtlich auf meinen dummen Ordnungssinn, sie dachte an die Samen der ausharrenden Pflanzen, an die künftigen Blüten, ihr dankbares Sichöffnen Tag für Tag, dieses bescheidene, starke Wachsen, dies Honiggelb über dem Silbergrün, wie sie es immer geliebt hatte und wie es ihr aus der Erinnerung so lebendig aufstieg, daß es eins wurde mit dem jetzigen.

In den Schubladen, in denen sie die Aquarelle des Malers aufgehoben hatte, fand ich in einer Mappe, was ich nur vergessen hatte, sein großes Nachtkerzenaquarell aus Cranz, dazu mehrere Zeichnungen, die immer dieselbe Gruppe darstellten, aus der in der Mitte triumphierend der hell blühende Schaft aufstieg.

Im Abendlicht, am Fenster des großen Zimmers, vor dem draußen ihre letzten Nachtkerzen blühten, sah ich plötzlich auf den Fotos, die ich in einen Karton verpackte, das rankende Pfeifenkraut an der Pergola, von dem sie erzählt hatte, ich erkannte im vergilbten Schwarzweiß das Blau des blühenden Rittersporns und das überwältigende Leuchten der Nachtkerzen ihres längst versunkenen Gartens.

4   Den ganzen September, der auf den Berliner Sommer folgte, war mir, als wäre ich dort. Ich war in Mailand und hörte meine Schritte in den leeren Zimmern. Ich sah mich, wie ich Schränke ausräumte, Kleider und Strickwolle für bosnische Flüchtlingsfrauen über die Straße zum Frauenladen trug; wie ich an den totenstillen Abenden am Fenster stand; in Gedanken ging ich weiter durch den regengrünen Garten, ich fühlte, wie mich die aus den Wolken stechende Sonne traf und die Wiese zu dampfen begann, ich ging noch einmal ums Haus, dessen Fensterläden, bis auf ihre, zugenagelt waren, ich streifte die Nachtkerzen, den dicht wuchernden Beifuß, betrachtete von außen die Fenster ihrer fünf Zimmer, in denen sich die Kakteen drängten, Hibiskus, Streifengras, Usambaraveilchen, ich ging an dem Rosenbusch vorbei, den sie gepflanzt hatte, am Nußbaum, am struppigen Spillenbaum an der Hausecke, den man als erstes erblickte, wenn man das Grundstück betrat, die gelben Früchte lagen auf dem Weg, niemand sammelte sie mehr auf, niemand würde mehr das klebrige süßsäuerliche Mus kochen, ich sah sie noch immer auf dem Weg liegen, roch ihren gärenden Geruch.
Ich war abwesend in jenem September, wie ein Schlafwandler ging ich durch den Mailänder Alltag.
Es war ein Tag im September, ich hatte ihn nur vergessen. Der große Tag, der Anfang: sie hatte ihn immer mit Andacht genannt, mit einer stolzen Frömmigkeit, auch später blieb eine Spur Verklärung, eine Spur jenes beängstigenden Glücks in ihrer Stimme; *koenigsberg, den 24. september 1932 ... geben ihre vermaehlung ergebenst bekannt...* kleingeschrieben im Stil der Zeit. In den letzten Jahren hatte sich das Bild, das sie von jenem Tag hatte, unmerklich verändert, anstelle der Geschichte vom schönen jungen Mädchen, das dem berühmten Architekten den Kopf verdrehte, entdeckte sie nun, auf dem tiefsten Grund ihrer Erinnerungen, Unsicherheit, eine Art Ratlosigkeit.
Sie hatten den Tag immer mit Freunden und Nachbarn gefeiert, auch in schweren Zeiten. 1949 in Halle – sie wußte noch nicht,

daß es das letzte ihr ganz gehörende Fest war – gab es Kuchen aus schwarzem Mehl und *echten* Tee. Wilhelm Worringer, nun ihr Gegenüber, schenkte ihnen eine prächtige Ausgabe von Reproduktionen römischer Mosaiken, eine Rarität in damaliger Zeit. Der Band mit der Widmung des Berühmten in seiner bizarren Schrift stand in ihrem Regal. Ich legte ihn zu den Büchern, die ich dem Antiquar anbot.

Am 24. September 1944, ihrem zwölften Hochzeitstag, saßen sie nebeneinander im Salon ihrer Eltern in der Horst-Wessel-Allee in Radebeul, umgeben von der Familie. Vater Theo im Talar hielt die Taufrede nach dem 13. Brief an die Korinther, *freuet euch, seid vollkommen, tröstet euch, habt einerlei Sinn, seid friedsam! So wird der Gott der Liebe und des Friedens mit euch sein.* Sie waren wieder vereint.

Sie fühlte sich erlöst, nach den Wochen des verschwiegenen Heimwehs, der Einsamkeit inmitten des Familiengewimmels von Großeltern, Müttern, Kindern, Brustgeben, Wäschewaschen, Abholen von Lebensmittelaufrufen. Er war da, endlich, die Firma W&L, die kriegswichtig-sinnlose Betonbauten ausführte und in der er Unterschlupf gefunden hatte, wurde an die Elbe verlegt, die Gefahr, daß er zum Volkssturm geholt würde, um die Festung Königsberg zu verteidigen, war wieder ein Stück weggeschoben.

Sie saßen nebeneinander im sogenannten Salon, sie war noch immer schön, mit ihrem üppigen mütterlichen Körper, nur müde und blaß; er unausgeschlafen, vernebelt von der langen Reise und seiner unklaren Zukunft; der Großvater im Talar goß Wasser aus einem silbernen Kännchen über das rotbehaarte Köpfchen des Enkelkindes und taufte ihre zweite Tochter auf den Namen Victoria Katharina.

Sie waren wieder vereint, an ihrem Hochzeitstag, zwei Heimatlose, in der Wohnung ihrer Eltern, in Radebeul.

In dem September, der auf meinen Berliner Sommer folgte, ging ein Händedruck über die Bildschirme der Welt.
In Englisch, Hebräisch und Arabisch wurde das Ende von Blut und Tränen beschworen. Feierlich wurde das Ende von Krieg und Vertreibung versprochen und verkündet. Immer wieder erschien das Bild der beiden Männer, ihr kräftiges, auf- und niederschwingendes Händeschütteln, als könnte die Welt diese Szene nicht oft genug sehen, das Ende einer Feindschaft, die schicksalhaft erschienen war, hoffnungslos, ein Händereichen wie eine Beschwörung. Immer wieder umfaßten und drückten diese Hände einander, schwangen umschlungen auf und nieder, vor einem sehr grünen Rasen gaben sich am 13. September der Palästinenser und der Israeli die Hand.

Wo lag Ostpreußen? Und was war geschehen mit meinen ersten Erinnerungen? Ich bin in Rußland geboren, in Kaliningrad, sagte ich halb spaßend, halb fatalistisch-völkerfreundschaftlich zu meinen Freundinnen in der Erweiterten Oberschule. Ostpreußen hatte sich erledigt. Das Schweigen war gutwillig, das Vergessen friedliebend; von Heimat sprachen, so wurden wir belehrt, die anderen: teils sentimental, teils revanchistisch. Das genügte, um alle Bindungen vernunftvoll zu leugnen. Das Gedenken blieb an der Oder-Neiße-Grenze stehen. Das Vorbild war er: Nie habe ich ihn von Ostpreußen sprechen hören.
Sie aber bewahrte es, sie mußte es bewahren. Sie erinnerte sich ohne Sentimentalität, ohne Rachsucht, ohne Forderungen. In ihren Erzählungen dauerte die Landschaft, sie brachte es fertig, daß ich das Rauschen der See hörte, sie nannte die Namen und rief sie zurück aus dem Vergangenen: den Schloßteich, den Paradeplatz, das Parkhotel, Cranz, Rauschen, Pillau, den alten Augstein, Frau Schokowski, das Mädchen Elfriede, den Maler Partikel, den Bildhauer Brachert, die Freunde Preuß, Braude, Alexander... Sie forderte nichts zurück, sie konnte nur nicht aufhören, sich zu erinnern.

königsberg, den 24. september 1932. Sie trug ein enges schwarzes Kostüm und ein schwarzes Hütchen mit kurzem Schleier, er einen Zweireiher, graue Nadelstreifen. *ihre vermaehlung geben ergebenst bekannt*: Sein Blick glitt hell und heiter dahin, er schweifte geradezu beschwingt, belustigt; er sah viel vor sich. Sie aber schaute ihn an, unter dem Schleier hervor, unter dem äußerst eleganten Hütchen, unter den ausrasierten strichdünn gemalten Brauen: eine vollkommene Filmerscheinung, nur der Blick paßte nicht, war nicht kühl genug, nicht kinogemäß, die gemalten Brauenlinien rundeten sich nicht zu neutralen Bögen, sie waren zwei Linien ihres ernsten Lächelns, die entschieden und etwas zu hoch ansetzten, so daß es ihnen nicht mehr gelang, zu glatten Kurven zu werden, sie waren leicht zusammengezogen und verrieten eine Spannung, die der Kinoschönheit widersprach und der hellen Stirn, auch der unteren Gesichtshälfte mit der schmalen langen Nase etwas Angstvolles gab, etwas Trauerndes, das der schwarzgetupfte Schleier noch unterstrich.

Er blickte ins Weite, an jenem 24. September 1932. Sie schaute ihn an, fragend, in furchtsam atemlosen Glück.

Sie war immer da. Wie das Rauschen, der Wind, wie der Zaun, die Bäume, das Haus. Sie war in allem. Sie hatte eine helle, hohe Stimme, die später verschwand. Sie war weich, was später verschwand, sie war schön, ein weiblicher Jüngling, später war sie eine herbe stattliche Matrone. Aber sie war immer da, auch später, auch als die andere, feindliche, auch als ich sie hätte umbringen können.

Sie war da, ich wußte es, auch wenn ich sie vergaß. Das Blau ihrer Augen war da, dies Veilchenblau, das immer heller wurde.

In einem Herbst, im letzten Herbst, als ich noch nicht die Bedeutung des Wortes *letzter* begriffen hatte, im Herbst vor jenem langen einsamen Sommer in der Berliner Wohnung, versuchte ich einige Tage lang vergeblich, sie anzurufen. Sie antwortete nicht.

Zwei Tage vergingen, drei Tage. Eine schwelende Angst überkam mich, die aus allen Handgriffen und allen Betätigungen hervorbrach, als hätte sie auf der Lauer gelegen, und die ich zurückstieß in die dunklen Löcher, aus denen sie hervorquoll.
Kurz zuvor hatte ich ein Schächtelchen Pralinen aufgemacht, das sie jemandem für mich mitgegeben hatte. Ich hatte darin zu meiner Überraschung ein Briefchen gefunden – »Damit Du nicht weinst...«, schrieb sie spaßend und tröstend, weil sie den anderen Familienmitgliedern ein Geschenk gemacht hatte, mit ihrer genauen, alterslosen Schrift, leicht geneigt, regelmäßig über und unter die Zeile ausschwingend. Die Pralinen waren in blaues Seidenpapier verpackt, mit einer hellblauen Schleife. »Und bring mir Salbei aus Deinem Garten mit, wenn Du kommst...«
Ich ließ das Telefon läuten, bis die Fernverbindung abgebrochen wurde. Mir war, als hörte ich das Läuten in der Berliner Wohnung, in einer entsetzlichen Leere. Ich hatte nie daran gedacht, daß sie einmal nicht antworten könnte.
Ich hatte den Gedanken ausgeschlossen. Ich hatte sie für unsterblich gehalten. Nur ein einziges Mal, in einer fernen dunklen Zeit, als sie fiebernd im Salon der Großeltern gelegen hatte, dort, wo sie wenige Monate zuvor die Taufe des zweiten Kindes gefeiert hatten, war sie mir weggenommen worden, war sie ein fremdes, bleiches, langgestrecktes Wesen geworden, man hatte mich weggeführt von ihr.
Ich hatte es vergessen, sobald sie wieder aufstand. Ich war unbesorgt um sie gewesen, mein Leben lang. Nie hatte ich Angst um sie gehabt. Wohl hatte sie mir Mitleid eingeflößt, ich hatte Kummer um sie empfunden, aber nie hatte ich mir vorstellen können, daß sie sterben würde. Ich ließ sie in aller Seelenruhe durch die Welt reisen, mit sechzig in den Kaukasus fliegen, mit siebzig nach Jugoslawien, nach Moskau, in die Karpaten, später flog sie zu mir nach Mailand. Manchmal war sie krank, ich nahm es nicht schwer, sie würde wieder gesund werden. Ich vertraute dem Salbei und ihrer Kraft.

Tausend Kilometer entfernt hallte mein Läuten durch ihre Zimmer. Ich las ihre schöne genaue Schrift: »Damit Du nicht weinst...«
Das Schweigen am anderen Ende der Leitung brachte mich zur Verzweiflung, die keine Verzweiflung war, nur Betäubung. Dann endlich rief sie an. Sie hatte drei Tage lang nichts hören können, auch die eigene Stimme nicht. Es war entsetzlich, sagte sie. Ich dachte daran, in der stummen, einsamen Wohnung.

Sie war die immer Anwesende. Sie war unbemerkt da, sie war eins mit dem Ringsum, mit Haus, Garten, Blumen, mit Tisch und Stuhl, sie war der Tag, das Essen, der Abend.
Einmal, als sie in der Dunkelheit wegging, kam von draußen die Angst. Etwas Großes, Schwarzes stand in der Schwärze, war schon vorm Fenster, vielleicht schon am Bett. Ein Jemand, seinen Namen hatte das Kind gehört, er klang zum Grausen, und nur Schreien half, ein langes Schreien. Sie mußte versprechen, nie mehr das Kind im Dunkeln zu lassen.
Wenn es aus seinem Hantieren, aus zwitscherndem Geschwätz mit sich selbst aufsah, war sie da. Ein Tellerchen kam näher, am Rand des Sandkastens im Garten, ein kleiner Vorrat weißer Scheibchen mit zartgrünem Schimmer, süß unter den Zähnen. Das Kind wußte es und spielte es: es sei getröstet und versorgt. Denn noch war es nicht trostbedürftig.
Im Haus spielten sie das Nachbarinnenspiel: ein Flispern und Flüstern im dunklen Flur, in der warmen Küche; die Worte liefen eilig und dicht zwischen ihnen hin und her, eilig und dicht war das Glück des Sprechens. Sanft, hell antwortete ihre Stimme. Hell klang ihr Lachen im Bad, es hallte über den dunkelbraunen Fliesen, das Kind hörte es, fühlte es im Dampf, küßte ihren hellen glatten Körper. Hell und glatt, sie waren einander so ähnlich wie Geschwister, sie, er, das Kind.
Einmal schrie sie. Sie kam aus einer Tür, schlug sie zu, hastete eine Treppe hinunter, acht Stufen abwärts bis zu dem Kind, das

am Fuß der Treppe im Korb vorn auf dem Fahrrad saß. Nie! Sie werde diesen Gruß nicht grüßen! Nie werde sie dieses Wort aussprechen, nie, die Milchfrau solle ihre Milch behalten – sie schwenkte die leere Kanne – nie werde sie *dem* Heil wünschen, keinen Fuß mehr in diesen Laden setzen, lieber keine Milch als dieses Wort.

Das Kind saß vorn auf dem Fahrrrad, die Straße sprang durch seine Augen in den Körper ins Erinnern. Asphalt begleitete sie glättend am Anfang, wo die Häuser dicht nebeneinander standen, dann die Landstraße, die zum Ort hinausführte bis zum Haus, durch Gärten, Wiesen: ein holpernder Weg, der immer noch Graf-Keyserling-Straße hieß und aus Löchern bestand, aus Radspuren und Pfützen. Das Rad suchte den festen Straßenrand, wo Grasbüschel wucherten und Löwenzahn. Unten, im Graben, die hellgrünen Flecken des Huflattich. Das Rad gehorchte den Augen des Kindes.

Ihre Stimme war wieder hell.

Wie schön sie war ! Das größer gewordene Kind sah sie auf Fotos aus früherer Zeit: mit diesen hellen Augen, der schmalen Nase, die dem Gesicht etwas Entschiedenes und Edles gab, so weich, so heiter, so jung – das war sie?

Ihre Schönheit war geheimnisvoll wie der goldene Stift, aus dem Rot quoll und das Kind, das am Kachelofen saß, mit der Farbe ihres Mundes befleckte; wie die flache silberglänzende Dose mit dem Spiegel und der rosafarbenen Quaste, die in einem schwarzen Futteral steckte. Beim Ausräumen fand ich sie ganz zuunterst in einer Schublade, sie hatte keinen Spiegel und keine Puderquaste mehr, doch das Wildlederfutteral war samtig und tiefschwarz wie damals. Ich ließ die Puderdose neben dem Telefon auf der Kommode liegen, so daß ich sie täglich sah, bis wir die letzten Dinge in die blauen Müllsäcke taten.

Sie war in Sachsen geboren, in Geringswalde, er in Lübeck. Sie sprachen nicht Ostpreußisch, sie waren vom Temperament und vom Charakter her keine Ostpreußen, aber sie liebten dieses Land. Er hatte dort bauen können, große Bauten im Stil der Neuen Sachlichkeit, das Haus der Technik, die Mädchengewerbeschule, das Parkhotel, Kinos, Geschäfte. Sie kam 1930 als frisch ausgebildete Heilgymnastin nach Ostpreußen, sie sollte in Allenstein mit einem gelähmten Kind Laufübungen machen. Im Zug begegnete sie dem Architekten. Sie war jung, ein schöner weiblicher Knabe aus Sachsen mit einer schwedischen Kindheit, sie war fremd und verlockend für den Vierzigjährigen. Sie trafen sich wieder; sie reiste nach Schweden, er rief sie zurück. Sie wohnten ein Jahr zusammen, nannten es Probeehe, der Architekt wurde geschieden, sie heirateten. Zwölf Jahre lebten sie miteinander in Ostpreußen.

Frische Flunderchen, frischer Aal, Madamchen – sie ahmte den schmeichelnden Ruf der Fischerfrauen nach – *nehmsen Dorsch!*
Er gelang ihr nicht ganz, dieser weiche kehlige Ton. Sie konnte das Sächsische nicht verleugnen, ihr Ostpreußisch klang ein bißchen falsch, nicht wie das, was ich immer noch höre, allerdings nur in mir: stimmlos, lautlos.
Klang es – nach Güte? Es war eine karge Sprache, sie gab sich ruppig, schroff, ihre Schönheit war einfach, unbrauchbar für Geschwätz.
Auf ihrer Reise durch Ostpreußen, im großen Auto des Architekten. An der Landstraße ein umgestürzter Baum. Sie halten, steigen aus, begutachten den massigen Stamm. Ein Bauer auf einem Pferdefuhrwerk kommt vorbei. – »Blitz?« fragt er; knurrt, bevor die beiden antworten können: »Drum!«, knallt mit der Peitsche, fährt weiter –
Sie waren Zugewanderte, sie sprachen nicht Ostpreußisch, aber ringsum stampfte und schlurrte die Sprache, die Worte rangelten sich vorwärts, langsam, auf den Vokalen verharrend. Elfriede mit

den starken Armen redete so, der alte Augstein, Lina Schokowski, die bei der großen Wäsche half, um ihre zwei Jungs und den Mann durchzubringen, der das Saufen nicht lassen konnte, und die eine Girlande am Holzhaus aufhängte, als die Hausfrau mit dem zweiten Neugeborenen aus der Klinik kam.

»Werte Frau Hopp«, las ich den stimmlosen Klang, bewahrt in Schönschrift, Mai 1946, »da ich doch gern was von unsrer Heimat hören möchte. Ich glaube doch fest daß Herr Hopp Gelegenheit gehabt hat, was zu erfahren? Ob man von da aus nach C. schreiben kann weil da Russische Zone ist? Wie sieht es mit uns aus, wir wollen doch zurück. Da ich schon zweimal geschrieben habe, und keine Antwort habe, so erlaube ich mir jetzt einen Einschreibe Brief. Ich bitte sehr mir doch etwas mitzuteilen. Von meinem Großen weiß ich nichts, der blieb beim Volkssturm, ich habe alle Suchstellen beauftragt, auch die grüne Suchkarte abgeschickt. Es ist furchtbar dies Ungewisse. Mein Mann hat auch noch nichts von sich hören lassen. Es ist nicht schön in der Fremde, ohne Heimat zu sein. Hoffentlich haben Sie Alles gut überstanden. Sind Sie, meine liebe Verehrte Frau Hopp, so gut und lassen Sie mir bitte paar Zeilen zukommen Mit freundlichem Gruß Frau Lina Schokowski und Alfred, Trittau Bezirk Hamburg, bei Dühring«.

Ostpreußisch sprachen die Überlebenden, die rückgeführten Restmenschen, die sich in Berlin in einer Wohnung in Westend trafen. Es gab Tee, Kuchen und Hauskonzert. Die Übriggebliebenen, die Sopranistin Trude M., ihr Mann, der stille Pensionär, und einige Freunde waren nicht geflüchtet, sie hatten auf die Befreier gewartet oder wenigstens auf das Ende. Sie hatten nichts zu fürchten, was konnte ihnen schon geschehen? Sie hatten die Höllenfahrt gemacht. Sie hatten Disteln gefressen und Gras. Sie waren auf allen vieren über die Äcker gekrochen, in Schlamm und Schnee. Es gab Tee in Westend, Trude M. sang. Sie bedauerten

uns, daß wir im Ostsektor, *bei den Russen*, wohnten. Trude M. sang Lieder des Ostpreußen Alfred Güttler, sie hatte eine starke Sopranstimme, in der winzige Risse waren, sie und der Pianist zwangen uns Kinder zum Stillsitzen, die Fahrt bis nach Westend war weit und noch weiter die Rückfahrt in Müdigkeit und Dunkelheit. Zu Haus, im Kinderzimmer mit den rotgemusterten Gardinen, die nun mit einem Streifen Weiß verlängert waren, fielen wir ins Bett, erschöpft und von einer unbegreiflichen Traurigkeit befallen. Auch für sie waren diese Fahrten zu den alten Königsberger Freunden in Westberlin eine Reise, die sie nur unter großer Anstrengung auf sich nahm, eine Übriggebliebene war nun auch sie, verstoßen und auf andere Art heimatlos, mit ihren zwei bezopften Mädchen.
Dort hörte ich Ostpreußisch; Trude M. und ihr sanfter freundlicher Mann, und noch ein paar andere, die mir krank und alt erschienen, sprachen es bis zu ihrer aller Tod.

Eisig ging der Wind, als sie im Segelschlitten übers Haff fuhren. Wie sie lachten, warm vom Schnaps, wie sie immer schneller dahinrasten, wie die Kufen krachten, ein Donnern und Sausen, wie die Risse unter ihnen durchs Eis liefen und die Spalten immer tiefer wurden, in denen schwarzes Wasser zu kochen schien, das die anderen aber kaum sahen, weil sie immer weiter soffen. Wie sie im früh hereinfallenden Abend ans Ufer stießen, ins Gasthaus einfielen, wild und fröhlich, Schnaps bestellten. Wie sie da, erst da, anfing zu zittern, weil sie nun die Spalten wirklich sah, nun, da sie ausgestiegen waren und die Männer weiter tranken, und sie sich nur eines wünschte: nicht mehr zurück aufs Haff.
Manchmal, das kam ganz plötzlich, hatte sie das Gefühl, es mit Wahnsinnigen zu tun zu haben. Manchmal dachte sie, *alles* sei Wahnsinn.
Diese fröhlichen Gesellschaften bei den Richtfesten, die Hauseinweihungen der kleinen Villen und Wochenendhäuschen, die der

Architekt nun baute, die verrückten Einfälle, die Streiche der angeheiterten Runden. Wir woll'n den Keller sehn! Die Treppe runter, die Vorräte besichtigen! Hausfrau stand schützend vor ihren Regalen, breitete verlegen lächelnd die Arme vor den Weckgläsern aus. Huhn in Gelee – vorzüglich! Aprikosen – her damit! Sind wir eure Gäste oder nicht? Auch die Leberwurst, die Bohnen, die Birnen! Je geiziger der Hausherr, desto großzügiger die lustige Gesellschaft. Wozu die Vorräte, für wen?
Und wieder Schnaps, und ein neues Spiel. Deine Gläser sind bruchsicher? Der Hausherr hatte es stolz erklärt: eine Neuheit! Laß mal probieren, schon ergriff einer ein Glas, schmiß es gegen die Wand, es klang wie ein besoffenes Kichern und Klatschen, auf dem teuren handgewebten Teppich knirschten die Splitter. Noch eine Runde Pilkaller!
Sie mußte ihn nach Hause schleppen von solchen Festen. Sie haßte die Besäufnisse, sie haßte die Fahrten mit dem Eissegler übers krachende Haff, sie fürchtete die vom muntern Apotheker Schmidt zusammengebrauten Schnäpse, sie verabscheute die Richtfeste.
Wie er einmal allein unterwegs war, nachts schwankend heimkam – sie wohnten noch in der Mansarde am Schloßplatz mitten in der Stadt – war er mit dem Kopf gegen einen Briefkasten geschlagen, so daß das Blut, während er die Treppe hinauf taumelte, aufs Geländer tropfte, auf alle Stufen, auf die Wand, an die er sich hin und wieder zum Ausruhen lehnte. Sie schlich in der Nacht hinunter, mit Eimer und Lappen; wischte, Stufe für Stufe, bis unters Dach. Oben tupfte sie dem Architekten die Platzwunde sauber und legte ihm Eis auf die schmerzende Stirn.

In den Pfingstferien verbrachten wir alle Abende zusammen. Ich vermied es nun, abends wegzugehen, obwohl sie mich, anders als früher, als sie eifersüchtig und spöttelnd über meine Freunde hergezogen war, geradezu aufforderte, *etwas zu unternehmen*; ich sah, wie sie diese Abende genoß, wenn sie die Anstrengungen des Tages hinter sich hatte – und alles war nun anstrengend für sie, vom Aufstehen bis zum Schließen der Fensterläden –, wenn wir endlich einander gegenübersaßen und sie auf meine Fragen wartete, auf die Stunde der Erinnerungen. Nicht, daß das Damals sich verklärte, es wurde im Gegenteil, je öfter und tiefer sie in die Vergangenheit zurückging, düsterer in der Düsternis jener Zeit; dennoch, es waren die Jahre mit ihm, ich sah, wie die Erinnerung an ihn eine geheime Fülle und Vollkommenheit in ihr aufscheinen ließ, wie sie das Zentrum ihres Lebens wiederfand, das sie heiter und leicht machte.

Wir hatten die Plätze getauscht, sie mußte wegen ihrer geschwollenen Beine liegen, ich saß auf dem Stuhl ihr gegenüber, an dem schmalen Tischchen mit den beiden herunterklappbaren Enden, das zusammen mit dem Sofa aus Tante Suses Besitz in ihren übergegangen war.

Sie hatte mir die Schale mit Walnüssen hingestellt, aber sie mochte es nicht, wenn ich zu viele nahm, das Knacken, das Klirren des Nußknackers gegen den Teller und mein Kauen störten sie.

Sie lag auf dem Sofa, unter ihrer grünen Decke, aber eigentlich ging sie über den Paradeplatz.

Sie lief mit ausschwingenden Schritten, sie kam eben vom Friseur, ihr dunkelblondes Haar war frisch in Wellen gelegt, und so, ganz leicht, mit einem Sternglanz von Frechheit im Blick: Unternehmungslust!, sagte sie, überquerte sie den Platz in der Mitte der Stadt, wo man immer jemandem begegnen konnte.

Der Wind fuhr in ihr onduliertes Haar, das enge Kleid mit der Kellerfalte ließ ihren langen Beinen gerade genug Raum zum Ausschreiten, auf der dunkelblauen Seide glänzten kleine verschwimmende Sterne, sie dachte, daß es sie nicht überraschen würde, wenn sie jemanden träfe, vielleicht den Professor, der zur Vorlesung ging, oder den Kritiker, der auf dem Weg in die Redaktion sein mußte.

Immer traf sie jemanden auf dem Paradeplatz an solchen Nachmittagen, und fast immer wollte jemand sie zu einem Kaffee einladen, weil sie so energisch und knabenschlank dahergerannt kam und so jung (zu jung für ihn, sagten seine neidischen Freunde). Aber auch, weil sie nun selbst etwas darstellte, eine geschätzte Jemand war, die kräftige Walkerin, die Rücken- und Gliederschmerzen heilte, die mit strengen Gymnastikübungen, mit Heben und Senken, Beugen und Strecken und anderen schwedischen Geheimnissen, die sie mitgebracht hatte, den Lahmen und Angeknacksten auf die Sprünge half, so daß sich ihre Praxis mit Heilbedürftigen füllte, und über den Paradeplatz die Geheilten spaziert kamen, die gern den Verehrer spielten, dankbar für die Wiederherstellung, neugierig auf das Geheimnis der kühlen Jungverheirateten.
Eben eilte der berühmte Worringer, die Gedanken zur Abstraktion und Einfühlung unterm Arm, von der Unversität heimwärts zur strengen Frau Ma; er grüßte galant, doch zerstreut und auf Distanz, vielleicht um angesichts der Langaufgeschossenen weniger unter seiner Kurzbeinigkeit zu leiden. Aber da querte Braude den Platz und nahm sie mit ins Café Amende, Braude, der fulminante Theaterkritiken schrieb und von Büchern und Reisen zu reden verstand, mit Schweigepausen, die ihr auch gefielen; sie lachte, dachte an ihren Zug, der hinausfuhr an die Steilküste, was machte es, wenn sie den nächsten nahm.
Als sie wieder auf der Straße stand und weiterschlenderte, holte sie Alexander ein, Alexander & Echternach, feine Herrenkonfektion, zog sie ins Café zurück, sie hatte es geahnt, sie genoß es, noch einen Zug zu verpassen und ihm zuzuhören, der von seinen Rückenschmerzen geheilt war, nicht aber von seiner Passion für sie, wie er – scherzend? – bekannte. Sie verpaßte auch den dritten Zug, weil Dr. Preuß das Café betrat und sie mit seiner perfekten und leicht ironischen Galanterie überzeugte, es sei gut, den Herrn Gemahl ein bißchen auf die Folter zu spannen, bei seiner Vergangenheit. Sie lachte und richtete ihren blauen Blick auf

den ironischen Doktor, aber bei mir, sagte sie, bei mir ist er ein anderer geworden.

Wie lustig war es, nach drei verbummelten Zügen nach Cranz hinauszufahren, wo der Verliebte am Bahnhof stand. Zog ein Schatten über seine Stirn? Er mochte ihre Patienten nicht, er mochte die Blumensträuße und die Komplimente nicht, noch weniger die Besuche der Geheilten, die immer dann zum Baden erschienen, wenn er nicht da war.

Bis der Theaterkritiker eines Tages bei ihnen vorbeikam und keine Zeit hatte, am Teetisch über die neuesten Inszenierungen zu plaudern. Er mußte fort, möglichst unbemerkt, sie stiegen zu dritt in das noch nicht requirierte Auto und fuhren nach Pillau, wo sie im Hafen von Nathan Braude einen raschen Abschied nahmen, der keine Zeit für Schmerz oder Wehleid ließ. *Herzliche Grüße!* nicht mehr, stand auf den Ansichtskarten aus England. Kurz darauf fuhren sie mit dem Freund, dem der Architekt eine Wohnung ausgebaut hatte und der von seinem Rückenleiden befreit war, in dieselbe Richtung, zum Hafen von Pillau, wo es David Alexander gelang, auf einem Frachter nach Holland anzuheuern, während in die neu ausgebaute, an Kunstwerken reiche Wohnung in Königsberg schon die uniformierten Räuber eindrangen. Im Herbst darauf lag sie im Garten auf den Knien, sie hatte ein neues Beet hergerichtet, ein ganze Kiste Tulpenzwiebeln aus Holland war angekommen, ein Freund war gerettet und verloren.

Sie lag auf Tante Suses Sofa, aber eigentlich lief sie noch einmal über den Paradeplatz in Königsberg, im blauen schmalen Kleid mit den weißen Sternspuren, mit dem frechen Sternglanz im Blick, sie schaute über den Kaffee hinweg ihren Freunden in die ironischen Augen, sie fuhr noch einmal zum Hafen von Pillau mit den letzten ungläubigen Flüchtenden.

Die Tulpen, sagte sie, die Tulpen! Sie blühten herrlich, aber da war schon *alles vorbei.*

Sie kniete im Garten. Sie hatte das Beet vorbereitet, kroch über die kalte Lehmerde, die sie mit Sand gemischt hatte, aus Holland war dieses riesige Paket Zwiebeln angekommen, die noch im Herbst in die Erde mußten, nicht zu tief, »Tulpen müssen die Glocken läuten hören«, sie steckte Zwiebeln, immer drei – denn das Paket war sortiert nach Farben und Sorten – drei gelbe, drei rote, drei geflammte, ein wunderschönes Beet wurde es, der letzte Gruß von einem, den sie nach Pillau gebracht hatten. Einmal aber, auch dies fiel ihr ein, als sie an das Tulpenbeet dachte, an die Freunde, an Holland und die kurz gefaßten Ansichtskarten aus England, einmal hatten sie gesehen, wie SS-Leute in der Nacht die Bewohner eines Altersheims heraustrieben und auf LKWs stießen, sie hatten zufällig in der Stadt bei Bekannten am Fenster gestanden, hinter dem Vorhang, es war Abend, man hörte seltsame Geräusche von der Straße, sie hatten gestanden und zugesehen, hinsehen müssen, wie die alten Juden, einer nach dem anderen herausgeführt wurden. Die Tulpen, die steckte sie damals, wußte nicht mehr wofür.

Und Dr. Preuß?
Paulchen Preuß! sagte sie, und richtete sich auf.
So korrekt war er, überaus genau und ordentlich, unerträglich penibel, ein pedantischer Junggeselle, ein guter Kinderarzt, ihm, dem Freund, baute der Architekt ein viel zu großes Haus, ganz in ihrer Nachbarschaft, doch angesichts des fertigen Baus überkam den Arzt eine heftige Abneigung gegen so viel Perfektion, er bat den Architekten und seine Frau, ein bißchen in seiner Villa zu wohnen, um ihr die Fremdheit zu nehmen; also wohnten sie einen Winter lang in den großen warmen Zimmern des Freundes, sie machten Feuer in seinem schönen Kamin, schliefen unter seinen seidenen Steppdecken, brannten ein Loch hinein und mußten sie reparieren lassen; im Frühjahr übergaben sie dem Arzt das eingewohnte, mit Blumen geschmückte Haus (die Reparatur der Seidendecken und den Fleck auf dem Eichenparkett

erwähnten sie nicht), worauf seine spleenige Abneigung wie weggefegt war und er der Hausfrau, mit einer winzigen Träne der Rührung, die Hand küßte, ach ein seltener, seltsamer Mensch. Bei ihm, in seinem schönen Wohnzimmer, trafen sich die Freunde zum letztenmal, im Winter 1944, um Abschied zu nehmen. Er blieb.

Er hätte nicht geglaubt, schrieb er ihnen, als er schreiben durfte, daß derartiges geschehen könnte mit Menschen, die nie Nazis gewesen seien. Er arbeite in einem Krankenhaus.

Er benachrichtigte sie, als er nach drei Jahren aus Kaliningrad herauskam, sie, seine besten Freunde.

Ich sah, wie sich ihr Gesicht rötete bei dieser Erinnerung.

Sie hatte Angst, ihn wiederzusehen, nach diesen drei Jahren, sie brachte es nicht über sich, sie blieb zu Hause, fuhr nicht mit zu dem Berliner Bahnhof, auf dem die nach Deutschland Entlassenen aus einem Zug stolperten, in ein helles, sonniges Winterlicht. Er schickte ihr durch den Architekten sein Geschenk, das er ihr am Bahnhof hatte geben wollen: ein Pfund russischen Kaffee. Er hatte die Kaffeebohnen nach und nach in einer Wursthülle gesammelt, eine ganze Kaffeewurst für sie, die nicht an den Bahnhof gekommen war.

Er fuhr weiter, nach Hamburg, von dort nach Travemünde. Viel später, als sie als Rentnerin nach Hamburg reisen durfte, versuchte sie, ihn dort zu besuchen. Er hatte geheiratet. Er soll oft im Kasino gespielt haben, sehr oft. Er soll noch einen Sohn gehabt haben. Er wurde nicht alt. Es ergab sich keine Begegnung mehr, weder bei ihrer ersten Reise, noch später. Einmal ließ er ihr sagen, er habe gerade keine Zähne.

5   *Asta.* Nach ihr nannte ich meine Puppe, die Blondine mit den rosa Porzellanwangen und den klappenden Augenlidern, deren echtes Haar ich kämmte und flocht und mit Schleifen band und wieder aufmachte und mit Zuckerwasser stärkte und die, sobald ich sie hinlegte, die Augen mit einem ruckartigen Klappen der Lider schloß. Asta war meine zweite Puppe, ich bekam sie zu Weihnachten in Halle. Sie hatte der kleinen Lotte gehört, die in Schweden gewesen war, aber den schwedischen Namen gab ich ihr, ich machte sie zur Schwedin, vielleicht an meiner Statt.

Die wirkliche Asta, die Kindheits- und Jugendfreundin aus der Zeit ihrer Aufenthalte in Schweden, war nicht blond und rosagesichtig, sondern groß und breitschultrig, dunkelhaarig; sie trug den zeitgemäßen Bubikopf, wurde Krankenschwester und heiratete spät. 1984, bei meiner Reise nach Schweden, sollte ich die alte Jugendfreundin, meine Patentante, in Jönköping besuchen. Ich fand das Haus in einer bürgerlich-strengen Siedlung, doch niemand machte auf. Durch gardinenlose Fenster erblickte man ein Wohnzimmer von großer Nüchternheit. Die nie gesehene Patin schickte mir bald darauf ein Erinnerungsstück nach Italien, ein Messingschälchen, in dessen Mitte ein Panskopf mit einer Rohrflöte plastisch hervortrat. Es war eine Arbeit des ostpreußischen Bildhauers und Freundes Brachert, dessen Relief mit den schwebend-tanzenden Meerfrauen zu unserem großen Zimmer gehörte. Sie hatten die Schale als Gastgeschenk für Asta mitgenommen, als sie zusammen – es war noch in der Zeit der »Probeehe« – nach Schweden gefahren waren.

Einmal kam Asta nach Ostpreußen. Sie war immer noch unverheiratet, eine strenge schwedische Operationsschwester, die kühle Prüfblicke unter dem dunklen Pony hervorschickte; allmählich verlor sie ihre Zurückhaltung, sie tanzte mit Dr. Preuß, sie sang schwedische Lieder, bei der Abreise aus dem Hafen Pillau schwenkte sie langarmig ihren Schal und deklamierte einen Spruch, den ihr die Gastgeber als deutschen Abschiedsgruß beigebracht hatten. Sie rief ihn, die letzte Silbe betonend, immerfort

winkend, laut und herzlich von der Reling herab, während das Schiff langsam von der noch friedlichen Mole des noch friedlichen Deutschland ablegte:
> *Ein Rülpser ist ein Magenwind –*
> *Der nicht den rechten Ausgang find!*

1939 schickte Fräulein Asta Alander, zur Patentante ernannt, dem Patenkind eine goldene Kette mit ihrem auf dem Verschluß in schöner Kursivschrift eingravierten Namen und ein Buch mit Versen, Noten und feinlinigen Bildern, dem Jugendstil nachempfunden: »Mors lilla Olle och andra visor«; auf dem Umschlag saß der kleine Olle auf einer Wiese, neben sich einen Korb voller Beeren, und im Buchinnern versprach das weiße Lamm einem blonden Kind seine weiße weiße Wolle.
Die Freundinnen sahen einander nicht wieder. In der Nachkriegszeit trat Asta in Gestalt von Paketen, die Schokolade, Schmelzkäse und Kaffee in grünen Blechdosen enthielten, in unser Leben, und sie, dieses schöne und gütige Schweden, spielte lange Zeit darin eine wichtige Rolle.
Asta tauschte mit ihrer Freundin weiter jedes Jahr Neujahrsglückwünsche aus. Sie bedachte sie auch in ihrem Testament: als Andenken, schrieb der Testamentsvollstrecker, hinterlasse sie der Freundin ihre kleine, mit vier Brillanten besetzte Armbanduhr...
Im Schrank fand ich beim Ausräumen, sorgfältig in einen Karton verpackt, die Puppe Asta, die ich längst vergessen hatte. Das glatte weiß-rosa Gesicht war leidenschaftslos wie immer, das Blondhaar zu Zöpfen geflochten, die Zopfschwänze gelockt: sie ähnelte mir, nur war sie, das wußte ich damals genau, viel schöner als ich. Ihre Augen, diese wunderbaren schwedenblauen Augen, die sie öffnen und schließen konnte und deren Lider schwarz bewimpert waren, hielt sie in dreißigjährigem Schlummer fest geschlossen.
Auch ein paar Kleidchen fand ich und hellblaue Puppenschuhe. Vorsichtig legte ich alles zurück in die Schachtel, in der die ver-

gessene Zopfschöne für mich aufbewahrt war. Ich schenkte Asta einer Bekannten, die Puppen sammelt.

Seit sie ihm begegnet war, führte sie mehrere Jahre lang eine Art Tagebuch. Anfangs waren es kurze Notizen. Sie vermerkte ihre ersten Begegnungen und die folgenden Verabredungen. Bald wurden die Aufzeichnungen ausführlicher, die Schrift mußte sich verkleinern, damit der Andrang der Worte auf den Seiten der kleinen Taschenkalender Platz fand.
Es war etwas Verschwiegenes, Schamvolles an diesen Seiten.
Nicht nur die Enge und Gedrängheit der Schrift gab den Aufzeichnungen einen Ton, als seien sie geflüstert. Vielleicht lag es daran, daß alles in Bleistift geschrieben war und sich kaum noch abhob von dem leicht vergilbten Papier. Schon damals muß ihr die Graphitfarbe der Schrift als die richtige Tönung für das erschienen sein, was sie nur für sich selbst festhielt.
Zwei Wörter konnte ich entziffern, sie kehrten häufig wieder und waren die Hauptpersonen einer unklaren, ausweglosen Liebesgeschichte: denn kein Ausweg, keine Flucht war mehr möglich, nur: »jag« und »Hasse«. Den Namen Hasse hatte ich noch als Anrede für ihn gehört. Auch später, wenn sie von ihm erzählte, nannte sie ihn so, aber ich wußte nicht, daß es eine schwedische Zärtlichkeitsform war.
Schwedisch klinge wie eine Kindersprache, diesen spöttischen Satz von ihm hatte sie oft wiederholt.
In ihren kleinen Taschenkalendern schrieb sie schwedisch. Vielleicht hätte ich etwas von den Liebeserfahrungen der Unerfahrenen entziffern können, wenn der Schwedischkurs an der Volkshochschule Köpenick, den ich 1954 in ungestillter Schwedensehnsucht frequentierte, nicht aufgelöst worden wäre, weil »Schwedisch als Fremdsprache nicht benötigt« wurde.
So aber betrachtete ich einfach das Geschriebene. Mein Blick ruhte lange und ohne nachforschende Neugier auf der Kleinheit

der Buchstaben, ihrer Bedrängnis und Hast. Grau zuckten sie dahin auf gelblichem Papier, nicht mehr übersetzbar und für immer nur ihr gehörend. Zwischen den Worten der Kindersprache erschienen andere Zeichen, einfach und deutbar: Kreuze, die regelmäßig wiederkehrten; kleine Kreise, manchmal mehrere nebeneinander. Alle körperlichen Vorgänge waren genau beobachtet und verzeichnet.

»Ich wollte frei bleiben«, sagte sie einmal zu mir. Damals (ich war sehr in K. verliebt und fürchtete, ihn zu verlieren) verstand ich sie nicht; ich glaubte, daß sie, jung wie sie war, kein Kind wollte.

Wälder unter wasserblauem Himmel, himmelblaue Seen. Die Kinder trugen Körbe mit schwarzen Beeren. Ein Klang nach Früchten füllte die Seiten. Vorn standen die Widmungen, die Namen der schönen Patinnen aus dem Königreich, wo die Kinder um einen Weihnachtsbaum tanzten, der mit blau-gelben Fähnchen geschmückt war. Im langen Haar trugen sie königliche Schleifen, kindlich sang die Sprache, und sie, neben mir, las sich in die Zeit zurück, als sie mit Asta und Märta um die Jultanne sprang. Sie sang es mir vor, sie las sich zurück in die Mittsommernächte, die nach Beeren schmeckten, in denen sie tanzten und der arme hübsche Stig so verliebt in sie war; ich saß neben ihr, in jener schönen Welt, ich war dabei, ich wußte, was sie wußte.

Der breitkrempige Hut war ausgeblichen und verbarg sein schütteres graues Haar. Sie trug ihren alten schwedischen Overall. Sie zogen mit einem Handwagen die lehmige Landstraße hinaus zum Wald, wo unterhalb der Steilküste der abgestürzte Baum lag. Das Meer rollte und schäumte, die Krone ragte in die Gischt, sie waren zur rechten Zeit gekommen. Sie sägten, sie konnten das, sie standen einander gegenüber und zogen die Bügelsäge, die Arbeit machte Spaß, sie luden den Wagen voll Holz und kamen ungesehen nach Hause. Die See zu ihren Füßen toste weiß.

Sie hatten es versucht. Mit KraftdurchFreude waren sie noch einmal hinübergefahren zu den Freundinnen, in das ruhige, angstlose Leben, zu den lieben, großen Familien. Gunnel und Märta hatten ihre ersten Kinder, Asta war Operationsschwester, das Leben verlief in heiterer, sparsamer Ordnung. Die Gäste waren willkommen für diesen freundlichen Sommer 1938. Sie badeten, liefen durch Wälder. Der Himmel war weit, blau und gelb.
Warum hätten sie bleiben sollen? Sie wurden nicht verfolgt! Die Freunde waren ihnen herzlich zugetan, sie waren aufrichtig: Sie sahen für ihre Gäste keinen Grund, Deutschland zu verlassen. Wer durfte sich das Recht anmaßen, auszuwandern und die Verantwortung aufzugeben? Nein, zum Bleiben gab es keinen Grund für nicht verfolgte Deutsche. Es gab genug Architekten in Schweden. Sie waren willkommen für die Ferien, sie würden wiederkommen – an Krieg war doch nicht zu denken! – sie waren herzlich willkommen, doch dahinter lag der genau abgemessene Alltag, da war wenig Platz, das Schiff wartete im Hafen von Trelleborg auf die Rückreisenden. Ja, und herrschte jetzt nicht wenigstens Ordnung in Deutschland, in der Mitte Europas, war nicht vieles besser geworden? Wenn auch leider einiges häßlich war, wie man gehört hatte. Aber sie beide waren nicht in Gefahr, sie hatten dort ein Haus, ein Auskommen, wie man sagte. Es war ja Frieden. Der Himmel war so weit, so hell. Noch einmal Mittsommer, Nächte auf warmen Terrassen.
Die Heimreise, viel Smörgasbrod, viel Schnaps.

Sie sägten die Kiefernäste. Der alte Augstein kam zum Holzhakken. Er half gern und verdiente ein bißchen dazu. Einen Schnaps kippte er auch gern, einen, Frau Hoppchen! Er fleihte die Scheite auf, das konnte er so gut, er fleihte das Holz auf zu einem hohen regelmäßigen Kegel. Im April 1945 lag er im Schlamm neben dem Transformatorenhäuschen in Cranz, mit dem Gewehrkolben niedergeschlagen oder vor Hunger zusammengebrochen, die es später berichteten, erinnerten sich nicht mehr.

6   Wenn ich mich abwandte von dem weißen Abendhimmel, der sich tagsüber leergeregnet hatte, und mein Blick das Zimmer umfing, dachte ich: Noch ist alles da. Ich dachte es, obwohl es nicht stimmte, denn die Bücherregale waren ausgeräumt, und ohne Bücher war das Zimmer ohne Leben.

Von den beiden Antiquaren, die sich auf mein Angebot telefonisch gemeldet hatten, hatte ich mich für den zweiten, den mit der sympathischen Stimme, mit einem norddeutsch-diskreten Klang entschieden. Der erste hatte gefragt: Ham Sie Esoterik? Astrologie? Inselbücher? Einiges stand noch in den Regalen, denn sie hatten all das besessen, was nun Esoterik genannt wurde: eine ganze astrologische Bibliothek, Lebensphilosophie, Anthroposophie, Homöopathie; außerdem Inselbücher, Kunstbücher, Werkausgaben – aber ich hatte keine Lust, dies dem eiligen Aufkäufer zu überlassen. Der andere, der junge Antiquar mit der norddeutschen Aussprache, der sich im Osten niedergelassen hatte und eigentlich nur Kunstbücher und Erstausgaben suchte, war mir in seiner Kühle angenehm, auch als er mit seinem alten Ford vorm Haus hielt und in seiner schwarzen Lederjacke vor der Tür stand. Ich verriet ihm nicht, daß die Bände in den Regalen Reste waren, das, was ich endgültig ausgesondert hatte. Ich bestand darauf, daß ich alle Bücher zusammen verkaufen wollte und sah zu, wie er sie in einer aufklappbaren Plastikkiste hinaustrug, ich bewunderte die stark entwickelte Arm- und Schultermuskulatur, die unter dem T-Shirt sichtbar wurde, als er die Lederjacke ablegte, und er erklärte mir, Armkraft gehöre zu den wichtigsten Voraussetzungen seines Berufes. In die engen Berliner Hinterhöfe könne man nicht hineinfahren wie in diesen zaunlosen Garten. Und selten befänden sich die Bücher so gut erreichbar wie hier im Erdgeschoß, gleich hinter einer Fenstertür. Er blätterte mit plötzlich scharfem Blick in einigen Katalogen: er suche nach Originalgrafiken, er verriet das mit freundlicher Offenheit. Er schien verwundert über die Gelassenheit, mit der ich zusah, wie er die Bücher Kiste um Kiste an mir vorbeitrug und sehr schnell in den Gepäckraum seines alten Ford stapelte. Den Leuten im Osten falle es oft schwer, sich von ihren Büchern zu trennen, sagte er, mehr als einmal sei es ihm passiert, daß im Augenblick des Abtransports ein ganzer Kauf rückgängig gemacht worden sei.

Er zahlte und schüttelte mir die Hand. Ich wußte nicht warum, ich war erleichtert, ohne Trauer, beinahe heiter an diesem Nachmittag.

Noch ist alles da, dachte ich. Noch hatte ich dieses Zimmer, das immer das *große Zimmer* gewesen war. Auch in Halle hatten wir zuvor ein solches Zimmer; dem Arbeitsraum, den er bezog, als er uns verließ, gab er die gleiche Anordnung. Dieses Zimmer aber blieb noch lange Zeit trotz aller Veränderungen seines, auch in der letzten Leere bewahrte es etwas von ihm, es drückte seinen Sinn für Maß und Einfachheit aus, sein Gefühl für Proportionen, für Klarheit und Kühle. In der einen Hälfte des länglichen Raumes stand der von ihm entworfene Zeichentisch, auf dem er die Schreibmappe aus grünem Leder mit der expressionistischen Prägung zurückließ; den Kerzenständer aus Messing, den er entworfen hatte; die Federschale mit dem scharfen Messer, dessen Griff ein echtes Horn war. Neben dem Schreibtisch hing wie in Halle eine Abbildung der Westfassade des Straßburger Münsters. Sie war genau und ziemlich ausdruckslos mit breiter Zeichenfeder ausgeführt, und doch hatte sie immer eine unerklärliche Anziehungskraft auf mich ausgeübt, als wäre das plastische Spiel der Fassade insgeheim anwesend.

Etwas Magisches war auch in dem mit Frakturbuchstaben geschriebenen Text verborgen: vielleicht war es das Wort *Baumeister*, von dem ich als Kind genau verstand, daß er damit gemeint war.

Das Zimmer wurde mein Arbeitsraum, jedenfalls die Hälfte, in der sein Zeichentisch stand, der zum Schreibtisch wurde. Ich hängte statt seiner Bilder die Arbeiten von Berliner Malern auf,

aber das änderte nicht viel, der Raum blieb sich gleich, mit dem Schreibtisch und den Bücherregalen auf der einen Seite und der Couch und den einfachen Sesseln um den quadratischen Tisch auf der anderen. An der Fensterwand hing ein Bronzerelief von Brachert, es stellte drei schwebend-tanzende Frauengestalten zwischen Wellen und eine vierte, eine Schlafende dar, zwischen denen winzige Buchstaben über die Bronzefläche hingestreut waren, welche einen Vers ergaben, einen geheimnisvoll andeutenden nie vollendeten Satz: Und aus den Fluten steigen in meinen Traum...
Über der Couch hing das große Bild von Partikel, das den gleichen Platz hatte wie in Halle und auf dem eine braunhäutige Flora vor grünen Feld- und Wiesenstreifen stand und im kräftigen, ein wenig zu langen Arm ein Bündel Blumen hielt.
Auf der Couch unter der Flora saß ich an diesen einsamen Abenden und sah über das Zimmer hin.
Alles war noch da, ja, es war sich wieder ähnlicher geworden, seit ich mit den Bildern der Berliner Maler weggezogen war und sie die ostpreußischen Landschaften wieder aufgehängt hatte. Das kleine Ölbild mit der Unterschrift: »H.H., Nidden 1943« stellte Dünen dar, deren ockerfarbene Bewegung sich unter einem dunkel-blaugrauen Himmel verlor. In stumpfer Düsternis hing eine Mondsichel von grünlichem Gelb, ein schwarzer Streifen umschloß den Horizont. Drei winzige Gestalten standen im mittleren Vordergrund, ich wußte, daß ich als Kind sie unter diesen dreien genau erkannt hatte: ihr leichtes, nach innen gerolltes halblanges Haar, das längliche Gesicht, die bunte wattierte Jacke. Eine der drei Gestalten hob den Arm im Gespräch.
Jetzt erkannte ich niemanden mehr.

Nidden: Erinnerungswort. Es weckte andere Farben als das Ocker und Blau des Bildes. Ein Jauchzen aus Licht. Den scharfen Gesang der nördlichen Sonne. Ein Stechen. Einen Wald. Später

geträumt, später in Märchen gehört, noch später als Symbol begriffen. Aber zuvor ist er Wahrheit gewesen.
Weiß brach sich das Licht in den Dünen. Wind schlug den Wanderern entgegen, der Wind bestand aus Sand, eine filigrane, beständige Tortur. Drei Gestalten wanderten in der treibenden, brausenden Helle. Das Kind jammerte leise, sie band ihm einen Schal ums Gesicht. Die Welt wurde unsichtbar. Die Welt war eine endlose Wanderung durch stechenden Wind. Blicklos ließ sich das Kind ziehen, die gewellten Dünen hinauf, Sandnadeln drangen ihm in die nackten Beine, es war ein Bergauf und Bergab ohne Ende, die Dünen waren aus kleinen Wellen geformt, die sich hart unter den Füßen krümmten. Von den Wellenkämen riß der Wind kleine Sandfedern los und streute sie in die Luft.

Am Waldrand schwieg der Nordost. Der Maler stellte die Staffelei auf. Die Luft war weich. Das Kind nahm den den Schal von den Augen. Über dem Brombeerdickicht glühte die Sonne, die Beeren glänzten. Man brauchte sie nur zu berühren, schon fielen sie in den Krug. Auch an diesem Abend würde ein schwarzweißer Herr inmitten der vielen weißgedeckten Tische an den ihren treten und ihre Beeren in der Glasschüssel mit einem Schwingen der Hand weiß überzuckern.
Das Kind faßte fester nach ihrer Hand. Oder war es der Druck ihrer Finger, der zunahm? Sie gingen schon viel zu lange.
Das Dunkel nahm zu. Das Dickicht wurde tiefer, die Bäume wuchsen wilder in die Höhe, der Himmel war verschwunden. Das Kind spürte den Griff ihrer Hand. Der Weg, der Weg, hörte es sie sagen. Immer mehr Waldschneisen liefen vor ihren Füßen zusammen und wieder auseinander. Sie standen auf einer Kreuzung, von der Wege in alle Richtungen führten; hinter den Bäumen ging die Sonne unter.
Sie liefen wieder los und wieder gelangten sie auf dieselbe Kreuzung. Das Kind bemühte sich, nicht zu hören, was sie sich fragte, was sie von Elchen murmelte, die bald, mit der Nacht, kommen

würden. Schwankten sie nicht schon heran mit ihren Schaufelgeweihen?
Ja, das begriffen sie nun, sie waren in ein Elchrevier geraten, alle Wege zielten auf denselben Platz, sie beschrieben große Schleifen im Dickicht und endeten auf einer Lichtung, wo sich die Elche treffen würden. Dann, plötzlich, entschlossen, machte sie eine Kehre, brach durch Gehölz und Gebüsch, das Kind hinter sich herziehend, nach draußen.
Am Abend war alles wie immer, die weißgedeckten Tische reihten sich in der Veranda. Der Maler, das Kind und sie saßen an ihrem Platz. Sie spürten den Sommerabend, die Nehrungsluft, ein Brennen, eine trunkene Müdigkeit. Der Maler hatte gemalt. Sie flüsterte von ihrem Abenteuer, den nicht endenden Wegschleifen, die auf die stille Lichtung führten (hatten sie beinahe oder wirklich die Elche gesehen? Die Geweihe, die sanften eckigen Gesichter, die großen Augen?) Am Ende das Abends, am Höhepunkt des Glücks, stand die Schüssel mit den Beeren auf dem erwartungsvoll leeren Tisch. Und das schon schlafende Kind sah den schwarz-weißen Ober heranschweben, der mit feierlicher Geste Weiß über den schwarzen Glanz goß.

Von der Cranzer Steilküste ging der Blick über den Bogen des Strands, sein Vor- und Zurückschwingen, das Schäumen der Wellen um die dunklen Linien der Buhnen – jetzt noch, dachte das Kind, wiederholend, was es gehört hatte: *wozu noch* –
Steilküste, Ufer, Buhnen; auf einer, weit entfernt, eine Ramme, ein Dreieck, aus dem ein schwarzer Pfahl lautlos in das Schäumen hinabstieß – jetzt noch, wozu noch Buhnen bauen, dachte ich, wie ich es gehört hatte, ohne den Sinn der Frage, dieses drohende *wozu noch* zu begreifen.
In der Ferne verschwand das Dreieck inmitten aufspritzender Wellen; klein, verloren im Grau, arbeitete die Ramme; aber neben mir, auf der windigen Höhe der Steilküste, sah ich, wie sich

Buhnen, Schaum, Pfähle, Faschinen, das Dreieck der Ramme wiederholten, wie sie aus Linien und durchsichtigen Farben hervortraten; der Maler, der Zauberer, holte alles heran, er vereinte Ufer, Buhnen, Meer auf einem Blatt, die ferne Küste stand vor uns auf der Staffelei.
Ich liebte den Maler.
In seinem graublauen Blick war eine Wärme, die ein wenig stach, ein heimliches und ironisches Lächeln, das Sicherheit versprach, das Bescheid wußte; seine Augen verliebten sich in alles, was ihnen zufiel; sie streiften über die Haut von Dingen und Menschen und hinterließen kleine Brandlöcher, Reizungen, beglückend schmerzende Ritze. Sein voller, deutlich geschnittener Mund lächelte mit genußsüchtigen Lippen, spöttischen Winkeln. Es genügte dieser Blick, dieses rasche Blitzen, dieses Zucken, das ins Innere traf. Ich gehörte ihm schon längst. Und er gehörte mir, er war mein Diener, mein Bruder, mein Mann. Ich liebte die feste Form des Gesichts, das eckig war und sich doch rundete, die gewölbte Stirn unter dem spärlichen Haar, die Narbe auf der Wange, die weiche blonde Haut. Ich bewunderte seine Beweglichkeit, die Raschheit der Reaktionen, die Schnelligkeit der kurzen elastischen Schritte, den beobachtenden Malerblick, die Eleganz seiner breiten, harmonisch gegliederten Hände, die Stifte und Pinsel hielten und in denen die Zigarette zu schweben schien, ich liebte den weißen Kittel, das Zeichen seiner außerordentlichen Kunst.
Jetzt noch? Jemand hatte es gesagt: wozu noch Buhnen bauen, es ist sinnlos. Zu spät.
Der Maler malte die Buhnen.
Der Maler durchquerte mit mir den Garten, wir gingen nebeneinander, es war ein Spazieren, ein Schreiten, ja, wir schritten auf einem Weg dahin, der mir breit und sehr lang erschien und der wie eine Allee von der Veranda zum Atelier führte; es war Sommer, der Garten streckte sich aus, die Wipfel des blühenden Rittersporns schlugen über uns zusammen. Auf der knirschenden

Kiesallee promenierten wir nebeneinander, der Maler hatte mir den Arm gereicht, er ging mit gebeugten Knien neben mir, so daß wir gleich groß waren, seine Haltung war keineswegs lächerlich, sondern selbstverständlich und voll Achtung für mich und meine Kleinheit, rasch und elastisch war er in die Knie gegangen, um mir im Gehen gleich zu sein, denn eigentlich waren wir gleich, wir waren ein Paar und füreinander bestimmt, in der vollkommensten Übereinstimmung miteinander und mit allem, was um uns war, mit dem Sommer, dem Weg und dem Haus, und auch mit ihr, die unter der Verandatür stand, in einem weiten dunklen Kleid und einem Tuch, das ihr Haar bäurisch zurückband. Sie sah uns nach, während wir im Atelier verschwanden, wo er mich malen würde, unter der wolkigen Fülle meines Lockenhaars, mit seiner Stirn und seinem lebens- und liebessüchtigen Mund, wo ich feierlich dasitzen und er mich erschaffen würde aus den Schälchen und Malkästen und Tuben; und zwischen ihr und uns lag der weite blühende Garten, der ihr Werk war und dessen Reflexe durchs Fenster auf mein gemaltes Ich fielen, mit der Kiesallee unter dem durchsichtigen Rittersspornblau, durch das die Sonne flirrte.

Sie beide waren eines drüben im Haus. Dort sah ich sie nebeneinander im Badezimmer, vor den braunen Fliesen hoben sich hell ihre nackten Körper ab, ich sah mit einer genießenden Freude ihre Ähnlichkeit, die blanken Formen ihrer glatten Körper und besonders die Gleichheit ihrer Hinterbacken, diese gedoppelten glatten Zwillinge, die ich streichelte und küßte, und da ich gleichfalls nackt und glatt und gerundet war, gehörte ich zu ihnen. Ich sah sie an, wie sie da standen, groß und aufrecht und naß, zwei Bäume im Regen.
Im Atelier saß ich still auf einem Stuhl.
Er hatte mir ein Bilderbuch auf die Knie gelegt, in das ich geduldig hineinsah, gleichzeitig beobachtete ich aufmerksam, wie er den Pinsel in die Farben und Mischschälchen tauchte und auf die

Tafel führte, hinter der hervor er mich hin und wieder ernst ansah; es war eine erhabene, feierliche Handlung, bei der ich eigentlich nicht in einem Bilderbuch lesen konnte und eher so tat, weil ich das Gefühl hatte, es gehöre zu dieser Szene, an der das Wichtigste war, daß ich dasaß, still und gesammelt, mein Stuhl war ein Thron, ich hielt mich aufrecht in meiner ganzen Würde und in der Schönheit meines blonden Haares, das oben auf dem Kopf zu zwei Rollen gesteckt war und rings um das Gesicht herabwellte bis auf die Schultern – dies war meine Aufgabe, mein Teil zu diesem Bild.

Als ich die Schubladen ausräumte, die den unteren Teil der nun schon leeren Bücherregale bildeten, fand ich viele, überraschend viele Aquarelle und Zeichnungen, die von den zwanziger bis in die vierziger Jahre reichten und die er ihr gelassen oder einfach zurückgelassen hatte wie auch die meisten Ölbilder aus derselben Zeit. Dieses Porträt fand ich nicht, und ich suchte es eigentlich auch nicht. Es ist auch nicht in der Liste der Bilder erwähnt, die der Maler 1944 im Königberger Schloß in der Ausstellung »Ostpreußische Maler« zeigte und die bei dem Bombenangriff auf Königsberg mit dem Schloß verbrannten. Aber jene Szene ist wahr, ich weiß, daß er mich malte, ich verwechsle das Bild bestimmt nicht mit der Kohlezeichnung, die in meinem Schlafzimmer hing und die ein zweijähriges Kind mit kurzen weißblonden Locken darstellt. Das im Atelier gemalte Bild, auf das, ich erinnere mich genau, die farbigen Reflexe des blühenden Gartens fielen, ist vielleicht mit einer der Kisten, die er nach Sachsen schickte, verlorengegangen. Oder es ist nicht mehr zu Ende gemalt worden und dortgeblieben, rasch beiseite geräumt, als Königsberger Ausgebombte nach unserer Abreise im Atelier ein Notquartier bekamen.

7   Der quadratische Stein mit den abgerundeten Ecken stand erhaben über ihrer Hand. Er wirkte kühl durch die glatte Silberfassung, doch warm, wenn das Licht hineinglitt und sich in der Mitte verfing, wo ein geflügelter Schatten wohnte. Manchmal erkannte ich es, das kleine Insekt, das zu zehntausendjährigem Leben verurteilt und begünstigt war und im Honigglanz in starrem Flattern beharrte. Kostbarer als der Ring, auf dem der Alltag Scharten und stumpfe Stellen hinterlassen hatte, obwohl sie ihn sicher beim Arbeiten abgenommen hatte, bei all dem Wäschewaschen, Gärtnern, Kochen, Kuchenbacken, Stricken, Flicken – vornehmer, ferner von den Dingen des gewöhnlichen Lebens war die Brosche, die er ihr später dazu schenkte. Der längliche Stein, in glattes Silber gefaßt, wurde gleichsam von einem Gegen- oder Aufeinanderlagern zweier Schichten durchschnitten, und eben dort war ein Insekt zu erkennen, der Staub seines Flügelschlags.
Von ihren Bernsteinketten trug sie am liebsten die aus gelben undurchsichtigen Kugeln. In meiner Erinnerung liegen sie auf einem weißen Pullover, über dem ihr Gesicht bräunlich leuchtet – das war an hellen Abenden, die Steilküste war der ostpreußischen in manchen Augenblicken zum Verwechseln und Wahnsinnigwerden ähnlich, die scharfe und kühle Luft, das Bocciaspiel auf der erdigen Straße von Ahrenshoop, die sonnenheiße Haut, all das ließ die Kürze der Kulturbundferien vergessen, als wäre das Verlorene unverloren. Damals sah ich ihr junges, bernsteingerahmtes Gesicht unter dem windgezausten Haar.
Die Steine einer anderen Kette, zu der auch ein Armband gehörte, waren zu glatten Riesenbohnen geschliffen; ebenfalls undurchsichtig und honiggelb, reihten sie sich auf einer dunklen Schnur.
Lieber als die Bohnen und die Kugeln trug sie später die selbst aufgefädelten ungeschliffenen Steine. So hatte sie sie auf ihren langen Wanderungen am Strand gefunden, wenn die Herbststürme über die samländische Küste gezogen waren. In ihrem

alten schwedischen Overall, das Haar zurückgebunden unter einem Tuch, den Blick auf den Streifen gerichtet, wo die nächtliche Brandung Tangfetzen und Schaum, den dunklen Auswurf des Meeres, hinterlassen hatte, ging sie das Ufer entlang.
Die Kette war schwer, herb und glanzlos.
Zwei faustgroße Stücke lagen außerdem in der Sammlung und andere, kleinere Steine, die nicht mehr zu einer Kette gereicht hatten. Und der ein wenig alberne, einem Petschaft ähnelnde Stöpsel, den ein viel zu schöner, rotleuchtender Bernstein schmückte. Schließlich ein kleiner Bernsteinfisch, ein Beißfisch für Kinder, durch dessen Augenloch ein Band lief.
Als sie die Ketten nicht mehr trug, und auch den Ring nicht mehr, dessen Silberfassung gesprungen war, sahen wir nur noch die Schatulle, in der sie alles aufbewahrte. Sie bestand außen aus hellgelbem Bernstein, innen aus dunklem Holz, die Kanten waren aus Silber. Im Wohnzimmer stand sie an sichtbarer Stelle.
Manchmal machte sie sie auf, um uns die selbstaufgefädelte Kette oder die beiden faustgroßen Steine zu zeigen. Nie ließ sie uns alles sehen, niemals den Grund des Kastens: sie hielt jedes Stück lange in der Hand, und jedes war so schwer und reich an Erinnerungen, an Wegen und Wanderungen, an Augenblicken des Schenkens oder Findens, daß sie den Kasten meist plötzlich mit einem Sichabwenden schloß. Als ich wegzog und sie allein zurückblieb, nahm sie das Armband mit den bohnenförmigen Steinen heraus und schob es mir über die Hand: »Gegen die Nervosität.«
Ich hatte es lange nicht mehr von innen gesehen, dieses Kästchen, es schien mir fremd, als ich es in ihrem Zimmer stehen sah, in dieser Stille. Fremd und altvertraut die Goldfarbe, die quadratischen Bernsteinstücke des Deckels, die länglich-gebauchten Elemente der Seitenwände. Innen das rötlichdunkle Holz. Zuunterst, unter dem Schmuck und den beiden unbearbeiteten großen Steinen, lag ein mehrfach gefalteter Briefbogen aus zartem japanischem Papier, bräunlich umrandet.

Ich erkannte seine Handschrift, doch schien sie mir kleiner, maßvoller, als seine spätere.

Dies soll kein »Zettelkasten« sein,
Er ist für Gold und Edelstein
Oder für Bilder der Lieben,
die bisher Dir teuer geblieben.
Vielleicht
    bin auch ich dann dabei

– ein seltsamer Zeilenbruch, ein Zögern, das mich innehalten ließ. Vielleicht – Woran zweifelte er? Würde er eines Tages nicht mehr unter denen sein, die ihr *teuer geblieben*? Zweifelte er an der Dauer ihrer Liebe – oder seiner? Oder war es im Gegenteil die Gewißheit, scherzhaft verbrämt, immer von ihr geliebt zu werden? Das Datum verriet, daß das Kästchen ein Geschenk zum zehnjährigen Hochzeitstag war. Sie war fünfunddreißig, er zweiundfünfzig. Unter dem gefalteten Briefchen lag ein kleines Foto: der Vater mit der Dreijährigen, aneinandergelehnt und gleich groß, denn er war vor der Tür seines Ateliers auf dem Gartenweg neben dem Kind mit dem lockigen Heiligenschein in die Knie gegangen. Beide schauten lächelnd, mit demselben hellen, leicht geblendeten Blick unter der gewölbten Stirn dem Fotografen entgegen: ihr.

Die Verse endeten wiederum mit einem Zeilenbruch, und diesmal war es ganz deutlich, daß das Zögern eine Steigerung bewirkte, daß der Ton nach »Glück« weiterschwang zum größeren Wunsch, dem nach dem Dauern der Liebe:

Nun laß uns denn weitergehn
Einträchtig die nächsten zehn –
Glück
    und Liebe beständig uns sei.

Ich erkannte es sofort, als ich es aus dem Regal zog, ich brauchte es nicht aufzuschlagen. Es gehörte zu den Büchern, bei denen der Einband genügte, um mir ihren Inhalt in Erinnerung zu rufen, deren Wesen gleichsam durch die Buchdeckel nach außen strömte, so daß noch nach Jahren ihr bloßer Anblick frühere Empfindungen wachrief, ohne daß mir im einzelnen gegenwärtig war, was eigentlich auf den Seiten stand.

Ich hielt es in der Hand, das lebkuchenfarbene Buch, ich schlug es nicht auf. Ich ertastete, was es enthielt, in dem Augenblick, als ich es aus dem Regal genommen hatte, um es in den Karton zu legen, und in mir kreisten Anziehung und Abneigung, wie man sie hat für alte Kinderbücher, wie man sie hat für Trockenblumen, oder für Tote. Es war ein Klang dabei, von dem ich nicht wußte, ob er echt war, der mich aber unmerklich, drängend durchzog. Ich hatte ihn manchmal im Radio gehört, er kam aus demselben Sender, dessen Schlager der Woche ich trotz der Schulverbote mit Spannung verfolgte und die schließlich das Übergewicht behielten, während das melancholische Lied verstummte, auch weil sich in mir eine Ablehnung breitmachte, die alles betraf, was mit dem Wort Heimat zu tun hatte. Die Melodie hob melancholisch an, dehnte sich hin über dunkle Wälder und kristallne Seen, stieg auf über Felder unter einem hohen Himmel und Wolkengebilden, die das Lied, um Reim und Rhythmus bemüht, als lichte Wunder bedichtete.

Land der dunklen Wälder und kristallnen Seen –
Man hörte es immer seltener. Die Schlager der Woche dauerten. Indessen führte uns der Musiklehrer in der Erweiterten Oberschule, ein widerstandsbereiter Organist, der die Marschlieder verachtete, die einstigen und die neuen, zum Edlen und Erhabenen: *O Täler weit o Höhen.* Ich sang es gern, ich war für das Edle empfänglich wie für die Schlager der Woche.

Ein kartonierter Einband, weiße Zeichnung darauf. Ich wußte, was er enthielt: Seen. Wälder. Fischerdörfer. Hölzerne Giebelverzierungen. Boote und ausgespannte Netze, Dünen. Und das

Schloß, das Speicherviertel, den Schloßteich. Schwarz-weiß, einfach fotografiert.

Die naiven Zeichnungen auf dem Buchdeckel hatten mich immer gestört, weil sie an ein Bilderbuch erinnerten: Häuschen, Boot, Elchkopf, ein Gestell, an dem Flundern hingen: ja, wie ein Bilderbuch, wie ein harmloses Buch für Kinder, mit seiner ungeschickten Lebkuchenfarbe.

Als ich es dann doch aufschlug, bevor ich es in den Karton legte, erkannte ich alles wieder: die Seen, die Wälder, die Weite. Ich erkannte die Strände, die Steilküste, die hölzerne Strandpromenade von Cranz, die ich unvermittelt unter meinen Füßen spürte mit ihren dunklen sandüberwehten warmen Bohlen. Ich erkannte alles. Meine Wellen und Buhnen, meine Spuren im Sand. Kiefernwipfel. Birken.

Aber ich hatte das Wichtigste an diesem Buch vergessen, es traf mich wie ein Schlag: das Schweigen der Seen hatte ich vergessen oder nie bemerkt, die Lautlosigkeit der netzüberspannten Boote auf dem Strand, die stummen eisgleichen Wolkengebilde, die weiten Landschaften; auch vor den Fachwerkgiebeln des Speicherviertels kein Laut, kein Mensch auf der Straße, nur ein haltender Güterzug, geräuschlos auch er, Fischerkähne am Ufer, reglos, Bäume, schweigend über Seen gebeugt, leere Küsten – das ganze Buch erfüllte eine wunderbare und entsetzliche Stille.

Der Fotograf hatte alles vermieden, was Klang haben konnte, kein Mensch, kein Fahrzeug, keine Bewegung war auf seinen Bildern festgehalten. Nur der Rücken einer Frau, die seitlich in einen Blick auf die waldbestandene Steilküste geraten war. Kein Name, kein Wegschild, kein Wort. Ein einziges Signal war der Auslöschung entgangen, das Namensschild eines an der Mole liegenden Fischerbootes: NID N 7. Kein Lachen, keine Träne. Auch das Meer schien verstummt, der Wind stand still. Nur dies. Aber das Schweigen war noch tiefer. Das Buch selbst war stumm. Es enthielt außer dem Titel und dem Namen des Fotografen keinen Text. Die Fotos standen allein auf weißen Seiten.

Schwarzweiß, weiß umrandet. Kein Wort, kein Kommentar, keine Legende. Die Landschaften namenlos, die Orte unbenannt. Das Buch hieß »Heimatbilder«. Es hatte keine Lizenznummer, war, wie sehr klein vermerkt auf der Innenseite, gedruckt worden 1948, im Kreuzverlag GmbH, Halle, Franckeplatz 1. Der Fotograf und Herausgeber überreichte es im April 1948 in Halle dem Maler, dem Architekten, dem nunmehrigen Professor: ihm war all dieses Schweigen »freundlichst zugeeignet«.

Manchmal tauchte ein Name auf, ich sprach ihn vor mich hin wie ein Stück aus einer Litanei, wieder und wieder, bis er andere Namen und Wörter nach sich zog – Schulz, zum Beispiel. Frau Schulz – waren das meine oder ihre Erinnerungen?
Ich ging schon zur Oberschule, als ein Mädchen ein Ding mitbrachte, aus dem Westen, eine Halbkugel aus Plexiglas, die mit einer durchsichtigen Flüssigkeit gefüllt war und eine winzige Landschaft mit Kirchturm und Häuschen umschloß, welche bei der ersten Erschütterung in ein tiefwinterliches Schneetreiben gerieten und bei stärkerem Schütteln gänzlich darin verschwanden. Auch meine Erinnerungen waren nichts als Flocken und Flusen in einem ärmlichen Gefäß, auch sie gerieten ins Wirbeln, sobald dieses Gefäß einen Stoß erhielt.
Ein Fetzen wirbelte auf, ein Name, mit dem ich kein Gesicht verbinden konnte. Frau Schulz. Aber das war doch ich, im Nachbarinnenspiel, im dunklen Flur, in der warmen Küche, zwischen uns tanzte das Stofftierchen, im Ofen summte Feuer. Wer war Frau Schulz?
Kein Gesicht erschien hinter dem Flusenwirbel, aus dem Ungeformten und Entfallenen taumelten wie zwei Flocken zwei weitere Namen: Reinhard und Renate – und das Gefühl, zu klein zu sein, eine Störung für die schönen Geschwister, die einander ähnelten wie Zwillinge, braunhaarig lustig glatt kräftig wie das Rollen ihrer Namen, bewundert, immer fern im Nachbargarten, die

mich endlich doch aufnahmen in ihre Spiele, als sie den neuen Hühnerstall hatten, der genau an unserem Zaun stand und leer war und leer bleiben würde, aus blankem, gut riechendem, weißen Holz, während in unserem schon Küken auf einer Stange an einem großen Hühnerstallfenster saßen.
Reinhard. Renate. Sein brauner Schopf, ihre langen braunen Zöpfe glänzten. Wer war Frau Schulz, die oft genannt wurde, die nicht hören durfte, was wir hörten und sagten, die in ihrem Zimmer eine Ecke hergerichtet hatte, wo *sein* Foto umkränzt vor gefälteltem Fahnengrund prangte; Frau Schulz: die Nachbarin, die mit frisch gedrehter Haarrolle taillierter Jacke goldenem Abzeichen auf mütterlicher Brust blitzenden Augen nach Königsberg fuhr, als *er* kam, den die Kant-Stadt mit wehenden Fahnen wie einen Erlöser begrüßte; und die später, als ich in die Hühnerstall-Spiele aufgenommen war, schwarz durch den Garten ging, weil Herr Schulz hinausgezogen und verloren war, der gute Nachbar hinterm von unserer Seite mit Büschen dicht zugepflanzten Zaun, der, anders als seine Frau, geahnt hatte, wohin die brausende Fahrt ging.
Eines Abends, sie saß auf dem Stuhl am schmalen Tisch, ich auf Tante Suses Sofa ihr gegenüber, fingen wir an, von Frau Schulz zu reden, nicht von meiner Frau Schulz aus dem Nachbarinnenspiel der Winternachmittage, mit dem in meinen Händen hüpfenden Stofftier Gerdalein, dem Feuer im Küchenherd, dem Wispern und Fispeln unserer Frauensprache, sondern von ihrer Frau Schulz, der mit den glühenden Überzeugungen, den fanatischen Pupillen, die ein paar Jahre später im Harz am Kaffeetisch saß – ja, ja, ich erinnerte mich: nun war ich groß und hatte so lange Zöpfe wie damals Renate, nun konnte ich hoffen, endlich mit den braunhaarigen Geschwistern Reinhard und Renate das unterbrochene schmerzlich vermißte Dreierspiel fortzusetzen – aber eine große Kaffeekanne stand zwischen uns allen, Frau Schulz hatte Beziehungen zu Kaffeelieferanten, Reinhard und Renate waren keine Kinder mehr, die in Hühnerställe krochen

und VaterMutterKind spielten, und noch viel mehr stand zwischen uns. Sie war ruckartig aufgestanden, durchaus unhöflich, ohne den guten, dünnen Bohnenkaffee getrunken zu haben: wie denn? zum Apfelkuchen bestätigen und unterschreiben, daß Frau Schulz niemals in der Partei, niemals das Goldene, nie daran geglaubt, und also anspruchsberechtigtes hausundhofverlustiges Opfer? Sie wollte zum nächsten Zug, es ging nicht um helfenvergessenvergeben, nicht um die gemeinsame ostpreußische Heimat, es ging um das, was endlich eintreten sollte nach zwölf Jahren, aber Frau Schulz hatte gelächelt, breit, ostpreußisch, *dann eben nich, wird sich schon ainer finden.* Daß ihr das einfiel, nach so vielen Jahren, eben jetzt! Kein Wunder, das mußte einem doch einfallen, ihr war, als wären wir wieder dort angekommen, beim Zusammenbruchsanfang, dem diese Zeit auf so traurige Weise ähnelte.

Im Schneetreiben vor meinen Augen, aus den Schnitzel- und Aktenvernichtungsmaschinen, den treibenden Flusen von Verbrennungsanlagen, aus den katastrophalen Schneefällen vor Winteranfang, hinter dem niemals mehr, wie aus den kitschkleinen Glashemisphären, eine friedliche Landschaft, ein einladenes Kirchtürmchen, ein schützendes Häuschen heraustreten werden, aus all dem Flockenwirbel der Namen trieselt noch einer heraus, der zum schuldlosen Schulz-Komplex gehört: Karo.

Hinter dem Schulz-Zaun, der Schatten eines Hundes, groß und grau wie ein Wolf.

Aber dem Wolf bin ich doch woanders begegnet? Einem Wolf, der so klein auftrat und dessen Gefährlichkeit ich dennoch sofort ahnte und litt, ich sah ihn als erste, ich sah, wie er hinterm Vorhang lauerte, wie er auf das kleine Mädchen mit der roten Mütze – das ich war! – zutrabte, während es (ich!) Beeren suchte mit dem Spankörbchen aus dem Schwedenbuch, ich bin dem Wolf auf derselben Reise begegnet, als sie den Gottseibeiuns traf, den Liebling des Volkes, den Kinderstreichler mit den Stahlaugen, in der schönen Stadt München, und dortselbst hüpfte der Wolf, seltsam verkleinert hinter einem offenen Fenster in einem Saal durch einen ebenfalls kleinen dunklen Wald, doch trotz dieser Kleinheit war er das graue Grauen, nur die Entfernung trog über seine wahre Größe, die Stuhlreihen, die zwischen mir und ihm standen, ließen ihn niedlich und puschlig erscheinen, doch in Wirklichkeit war er das Verderben, welches das Kind – ich war es doch, dieses Kind! – nicht sah, während es Beeren pflückte, so daß ich – mein anderes Ich im Saal zwischen Tante und Mutter, zwischen anderen Kindern, Tanten und Müttern – hineinschrie in den deutschen Märchenwald, gellend, nicht mehr zu halten war, zitterte und flennte und den Saal und das Märchen mit meinem Warngeheul durcheinanderbrachte, so daß man mich hinaustrug; immer noch brüllte ich: *paßt auf, er ist* – bis sie mich beruhigten und besänftigten und sich von anderen Müttern sagen lassen mußten, daß man so kleine Kinder nicht zu solchen Sachen führen sollte, ja schauts, blöde, dumme, junge Weibsbilder, die sie waren.

Schmidt. Schmidt. Ein anderes Stück Litanei, ein aufwirbelndes Fetzchen in der Kristallhemisphäre, Apotheker Schmidt, unterm Ladentisch Fiebertropfen, Binden für aufgeschlagene Knie, Jod, Lebertran mit Orangengeschmack und Rotbäckchenlächeln auf der Flasche. Der Maler liebte die selbstgemachten Liköre des munteren Apothekers, liebte sie sehr. Schmidt – aber das war doch Gerda, die liebe, die blonde, auch für ihre Spiele war ich zu klein; ich nahm mir ihren Namen, ich behielt ihn einfach, nahm ihn mit nach Hause, nahm sie durch ihren Namen in meine einsamen Kleinkinderspiele mit und verwandelte den kleinen Bären in sie, sie in den kleinen Bären, Gerdalein.

Plötzlich wohnte ich bei ihr. Sie hatten mir gesagt: für einszweidrei Tage, bis das Schwesterchen kommen würde, das für mich ganz allein dasein würde. Ich war glücklich. Ich war verlassen und aufgegeben und rings in allen Straßen trommelte Frühlingslicht und ein schrilles Flattern von Gelb und Rot, die gartenlosen Häuser mit wehendem Stoff bedeckt, auch die Ladenfenster mit ihren Schuhen Flaschen Mehltüten flatterten rot und gelb um ein Gesicht, über der Straße hing das Geflimpel und Geklatter von Fenster zu Fenster, Papierketten aus lauterlauter Freude, Führersgeburtstag, das sollte Ostern sein? Kein Gartenspaziergang zwischen Szilla und Glockenhyazinthen auf der Suche nach Eiern, die ein Verwandter unserer weißen Häsin brachte, kein stiller Zaubergruß des Großen Hasen, der unter allen Gärten meinen fand – es war noch dunkel, da drang ein Haufen Burschen und Mädchen ins Zimmer, sie stampften und trampelten im Kreis, schwangen Reisigruten, drohend, ich sah es, obwohl die Zweige mit bunten Bändern geschmückt waren und Gerda krischte und lachte – was gab es in solcher Bedrängnis zu lachen – und mitsang: *Stieb stieb Osterai, und jibst du mir kain Osterai, dann stieb ich dir* – als ich unter der Bettdecke wieder auftauchte, waren sie schon draußen, ein häßliches Papiernest lag da, das unmöglich vom Großen Hasen geschickt sein konnte. Ich war einsam und voll Mitleid für mich.

Sie wußte nichts davon, wußte mich in Sicherheit. Ich wußte nichts von ihr. Fünfzig Jahre später, als wir einander gegenübersaßen und uns an frühere Ostern erinnerten, wenn sie die Ostereier in den Bücherregalen versteckte und sich nicht gemerkt hatte, hinter welchen Büchern sie lagen, da fielen ihr plötzlich die Osternächte von 1944 ein, als sie im Keller der Klinik gelegen auf die Wehen gewartet auf die Geräusche der Nacht gehorcht hatte, auf den Alarm, die Flugzeuge, die Entwarnung, als sie, sobald das Kind geboren war und man sie genäht hatte, nur eins wollte: weg, fort aus der Stadt, sie drängte und bat, bis man sie mit dem Säugling hinausfuhr ins Holzhäuschen, wo sie niemand erwartete, nur die gute Lina Schokowski, die vor der Veranda auf einer Leiter stand und dabei war, die Begrüßungsgirlande über der Tür aufzuhängen: Herzlich Willkommen! und im Haus wars eiskalt.

8   Sie war neben mich aufs Sofa gerückt.
Wir Kinder hatten es nie gemocht, dieses Sofa, wir hatten ihr unsere Abneigung deutlich gezeigt, aber sie hatte nichts darauf gegeben, es war zusammen mit dem ganzen Erbschaftskram in einem LKW aus Meißen gekommen und hatte die Wohnung verwandelt. Verschandelt: sagten wir. Es nahm die ganze Wand des Wohnzimmers ein, an der ihre flache Schlafcouch und das Radio gestanden hatten, monumental breitete es sich aus mit seinen zu Mahagonischnecken gerollten Seitenlehnen, der schwellenden Rückenlehne, dem rundgepolsterten Sitz, in dem manchmal, in der Stille, die Federn leise Klopftöne von sich gaben. Dieses Sofa aus dem Haushalt des Archidiakonus Zeidler in Meißen hatte die unverheiratet gebliebene Susanne mitgenommen, als sie ins Waldschlößchen zog und dort für ihre Neffen und später für andere Gymnasiasten eine Art Pension aufmachte, schließlich hatte sie es in das kleine Haus in Cölln bei Meißen hineingezwängt, wo sie die letzten Jahre gelebt hatte, krank und einsam. Der Bezug, nach der Erbschaft unter Mühen erneuert, natürlich *Biedermeierstoff*, DDR-Produktion der sechziger Jahre, in grellen Farben, in denen Schwarz und Rot dominierten, war im Lauf der Jahrzehnte verblaßt und erträglicher geworden. Der hintere Fuß auf der linken Seite fehlte, wir hatten ihn durch drei in braunes Packpapier gewickelte Ziegel ersetzt.
Sie verließ ihren Stuhl mir gegenüber und setzte sich neben mich. Wie es war? Wir hörten, die Russen stünden in Goldap.

Das Jahr 1944 kündigte sich mit einem milden Winter an. Man konnte hoffen, daß das Brennholz reichen würde. Schon im Februar, genauer am 5., traf der erste Storch in Ostpreußen ein, im Kreis Lyck stakte er über eine Wiese und wurde von den Zeitungen munter begrüßt. Auch Stare wurden gesichtet, die mehr von Montecassino wußten, als die Nachrichten sagten. Nichts war zu erfahren. Aber genügte nicht, was die kreischende Stickstimme in ihrer Botschaft an die Rasse verkündet hatte? Dieses

Jahr werde harte und schwere Forderungen an alle Deutschen stellen das ungeheure Kriegsgeschehen werde sich der Krise nähern die nationalsozialistische Staatsführung werde mit dem äußersten Fanatismus und bis zur letzten Konsequenz –
Sie setzten mit dem Bleistift Punkte auf die Landkarte, wenn sie einen Namen erfuhren. Eine andere Stimme, von weither, streng und von zarter Entschlossenheit, mit einem fernen Buddenbrook-Akzent, teilte ihnen nachts mit, daß die deutschen Städte bombardiert werden würden, unerbittlich, bis zum Ende, weil dieser Krieg Schuld des deutschen Volkes sei, ihre Schuld.
Planmäßige Absatzbewegungen. Bis der baltische Vetter nachts unter der Tür stand, gehetzt, tödlich verschreckt, auf dem Fluchtweg ins Reich; Alfred, aller großdeutschen Hoffnungen bar, berichtete in seinem breiten Memeldeutsch, krächzend und flüsternd das Gesehene, nie für möglich Gehaltene: die Front in Goldap. Die Russen in Ostpreußen.

»Dein Vater brachte uns zum Zug. Wir hatten zwei Schlafwagenplätze, der Zug wurde bewacht, streng kontrolliert, dich hatte ich an der Hand, das Baby, der Säugling – ich hatte nur noch wenig Milch – lag in dem großen Korb.«
Am Morgen, fünfzig Jahre danach, war ich im Garten Holz sammeln gewesen. Die Sonne schien, auf dem verwilderten Gelände lagen überall Äste und Zweige, die der Wind aus den alten Bäumen gerissen hatte, aus den Linden und Platanen des ehemaligen Gartens des Kapitalisten Kathreiner, eines schönen, parkähnlichen Grundstücks, das zusammen mit der Villa des Kaffeerösters der Sozialistischen Einheitspartei übergeben worden war, dann der Deutsch-Sowjetischen Freundschaft, dann dem Klub der Volkssolidarität, zuletzt der Baugenossenschaft Neues Bauen und dessen elende Reste nun bald ganz verschwinden würden. Die Äste waren trocken und ließen sich gut brechen. Sie hatte ihr Leben lang Holz gesammelt, diesmal, sagte sie, habe sie keine Lust, das Atmen werde ihr schwer.

Die Sonne schien, der verwahrloste Garten sah nackt und grau aus, das Holz knackte lustig. Als ich den Korb zurücktrug, erkannte ich ihn, diesen großen graugelben Korb aus Kokosfasern, die aus dem Geflecht herausstarrten wie Borsten, dessen Griffe mehrfach mit Bindfaden geflickt waren, aber der sich immer noch elastisch zusammenbog: plötzlich sah ich ihn goldfarben, mit dem schönen Muster der ringsumlaufenden Streifen der Kokosflechterei.

Vor einem halben Jahrhundert lag das Dreimonatskind darin. Sie trug den Korb und eine kleine Reisetasche mit Windeln. Mich hatte sie an der Hand.

Aber während ich den Korb an seinen bindfadenumwickelten Griffen die Kellertreppe abwärts bis in den Heizungskeller zog, sah ich ihn auf einer anderen Reise.

Der Korb stand neben mir, ich hockte eingepfercht auf dem Rücksitz eines Autos – eines schwarzen Autos, vielleicht eines Adler oder eines BMW – vor mir der Nacken von Herrn Kreuziger, dem Chauffeur des Kulturbundes, neben ihm der Maler, der Architekt, der Professor, der Kulturbundpräsident. Auf dem Rücksitz klebten wir aneinander: sie, die Kinder, der Korb. Ich fühlte seine rauhe Wand, ich konnte über den Rand hineinsehen, in unseren Reichtum.

Es war eine rote Masse, in der kein Rot dem andern glich, vom süßen Dunkelrot bis zum hellen Quietschsauerrot, gemischt mit rosa und weißgefleckten Beeren und einigen winzigen grünen an der Spitze von miniaturhaften Tannenästchen. *Wenn der Sommer geht zu Ende / ziehen fort die Vögelein*: wir hatten unser Lied gesungen und den Beifall der blassen Frau Saatman in der großen Küche eingeheimst, wir hatten die Vogelschwärme aufsteigen sehen über den Boddenwiesen, gleich hinter dem Haus, gleich hinter der großen Veranda, die nun schon nicht mehr uns gehörte, wir hatten die Vogelschwärme gesehen, wenn wir an den Wolken- und Regentagen Beeren sammeln gegangen waren, über die

Wiesen mit dem dürren Grasgeruch, den harten Kuhfladen, bis an den kühlen dunklen Wald, der kein Elchwald war, aber in den man allein lieber nicht ging, obwohl es schon zwei oder drei Jahre her war, seit ihr Freund dort verschwunden war. Bis an die Ränder des Waldes gingen wir, daß wir so viele Preiselbeeren finden würden, hatte niemand für möglich gehalten.

Partikel, der Maler der langarmigen Flora-Frauen, hatte sich noch ganz zuletzt auf den eisigen Weg gemacht, als sie mit den Kindern schon in Sachsen war. Der Maler, der ostpreußische Bauernsohn, war mit dem Fahrrad und zu Fuß durch Ost- und Westpreußen, durch Pommern und Mecklenburg bis in das Fischerdorf gekommen, wo er sich als junger Mann ein kleines Backsteinhaus gebaut hatte. Dort war er eines Tages in den Wald gegangen und nicht wiedergekommen. *Die Russen*, hörte ich die Erwachsenen sagen, wenn wir an seinem Haus an den Dünen vorbeikamen. Noch immer wagte sich niemand allein in den Wald.

Aber am Waldrand hatte sich der große Korb mit Beeren gefüllt, wir hatten die Vogelschwärme aufsteigen sehen, wenn wir über die Wiesen, die nach Immortellen dufteten, hinauswanderten, und nun stand der Korb neben mir auf dem Rücksitz des Kulturbundautos, die herausstarrenden Kokosfasern stachen, wenn das Auto die zerlöcherte Straße zu schnell nahm, noch schmerzte der Abschied nicht, noch lag auf der Haut eine Schutzschicht aus Wind, Wellensturz, Sand, die Beeren hüpften in allen Rotklängen zum Holpern der Straße, noch schmerzte der Abschied nicht, aber er würde näherkommen und plötzlich da sein, ertragen werden müssen, wie der andere, damals.

Wie es war? Das Baby lag in dem großen Korb, dich hatte ich an der Hand. Dein Vater brachte uns zum Zug. Ich saß auf dem Schlafwagenbett, du standst vor mir und wischtest mir die Tränen ab. Das Baby schlief. Wir lagen auf den Betten, du oben, ich mit Victoria unten. Der Zug kam nur langsam voran, in

Preußisch-Eylau blieb er stehen. Nach langem Warten ging es weiter, morgens kamen wir auf einem unbekannten Bahnhof an, wo wir aussteigen und auf einen anderen Zug warten sollten. Während wir da standen, rissest du dich plötzlich von meiner Hand los. Du liefst auf die Geleise, ich schrie, rannte dir hinterher, holte dich ein, packte dich; ich schrie immer noch, ich konnte nicht aufhören zu schreien. Eine Lokomotive fuhr vorbei. Oder dachte ich das nur?
Sie hatte das Kind schon eingeholt, umklammerte es eisern.
Fremde Leute halfen ihr in den anderen Zug. Auf dem Bahnhof in Dresden bekam sie eine starke Blutung.
So war es, so kamen wir in Dresden an, sagte sie, neben mir auf Tante Suses Sofa.

Sie trug den Korb mit dem Baby, mich hatte sie an der Hand. Dieses winzige Wesen, ein weißes Kissenbündelchen mit einem roten Haarschopf, war nicht, das wußte ich nun schon, der inständig geforderte Spielgefährte: so klein und zerbrechlich und nutzlos für mich, wenn auch rührend; und so zeigte ich Verständnis und half ihr, wir waren nun schon im Zug, sie nahm das Bündelchen aus dem Korb und legte es auf einen kleinen Tisch, ich hielt es fest, ich bewachte es auf dem Tischchen, gegenüber den rätselhaft durch Riemen und Gurte und eine metallene Leiter miteinander verbundenen Betten, von denen ich das obere würde benutzen müssen, wovor ich eine undeutliche Angst hatte, die sich mit einer anderen mischte, die noch undeutlicher, doch größer, ja grenzenlos war. Sie wandte sich ihm zu, der in der Tür stand und uns gleich verlassen würde.
Wir reisten ab, wir waren schon unterwegs, fort von allem, wohin wußte ich nicht, schon dieser Raum mit seinen übereinanderstehenden Betten und seinem Metallglanz war ein Anderswo; er aber würde nicht bei uns sein, sie lehnte sich an ihn, in einem trostlosen, endlosen Schluchzen und Weinen, aus dem Wörter

auftauchten, endgültige und zerreißende, die er nicht hemmen konnte, ebensowenig wie ihre Tränen: nie, schluchzte sie, das verstand ich entsetzt, es fiel auf mich herab, wie ich zwischen dem Tischchen mit dem Babybündel und den Schlafwagenbetten stand, deren Chromteile blinkten, nie wiederholte sie, und mit jedem Nie wuchs die Last auf mir, nie – ich weiß es. Er hielt sie, mit ihrem Tränenstrom, bis er gehen mußte, und es blieben diese Tränen und dieses *Nie*, dieser Schnitt, dieser schneidende Schmerz, dieses Unstillbare, das sich übertrug, unverstanden und genau: Abschied.

In der Nacht, in der Dunkelheit, im Rollen des Zuges, hörten wir Stimmen, draußen auf der Strecke. Hörst du, sagte sie, hörst du, was sie rufen: Nehmt uns mit! Es war ein schreckliches Rufen, flehend, langgezogen, Stimmen von vielen, die Angst hatten wie ich, es war schrecklich, Menschen von draußen so rufen zu hören, während wir stehenblieben und dann weiterfuhren, und schrecklich war, wie sie es für mich wiederholte, dieses langgezogene *neehmt – müt*, sinnlos, antwortlos, und auch das war schrecklich: dann weiterzufahren und sie nicht mehr rufen zu hören.

Ich war auf einem Bahnhof: war es der Tag unserer Ankunft? Ich sah Menschen, dicht gedrängt, umgeben von Gepäck, sah sie sitzen und warten und essen, *Flüchtlinge*, wußte ich. Sie knoteten weißrote Bündel auseinander, sie schnitten weißes Brot, ich sah die Brotlaibe, von denen sie dicke Scheiben abtrennten, ich sah, wie sie weißen Quark darauf strichen; wie sie da saßen und aßen inmitten ihrer Bündel und Koffer und Rucksäcke, erschienen sie mir reich: wie konnte man soviel weißes Brot essen! Gleichzeitig wußte ich, daß sie arm waren, und sah ihnen erschrocken zu, während ich vorüberging, mich festhielt an einer Hand, erschrocken über die Stärke meines Neids und Mitleids.

Eine schwarze Gestalt wartete auf uns, dort, wo wir endgültig ausstiegen. Es war ihre Schwester, sie stand auf dem Bahnsteig, hoch und schwarz, ich kannte sie und erkannte sie nicht. Sie ging neben uns den Bahnsteig entlang, führte uns aus dem Bahnhof, immerfort sprechend. Ihre Stimme war hell, doch sie kam aus all diesem Schwarz, ich verstand nichts, nichts von diesem Strom aus Worten, ich ahnte nur, daß etwas geschehen war und immer noch geschah, was sie durch ihre Veränderung ausdrückte; aus der heiteren jungen Tante, die meiner Mutter ähnelte, war ein schwarzes Wehen und Wehklagen geworden, sie war ganz und gar schwarz, schwarz umflort, ich sah ihre schwarzen Schuhe, ihre schwarzen Beine, das schwarze Kleid, auch das Gesicht war schwarz und der blonde Knoten geschwärzt vom Schleier, sie ging, hoch über mir aufragend, wehend, mit einem schwarzen Flattern begleitete sie uns und redete von ihrem Kummer, wie eine Ankündigung von Trauer für uns alle.

Zweites Buch
ALLEE-STRASSE

1 Es regnete, ich hockte im Schlafzimmer, das früher, als die Ahornbäume noch nicht das Haus umwucherten, ein helles Kinderzimmer gewesen war, und legte Kleider für die Frauen aus Mostar zusammen. Ich faltete die Sachen sorgfältig und langsam, als könnte ich so den Erinnerungen standhalten, die mir aus dem Schrank entgegenstürzten.
Ein paar Kleider ließ ich, unentschieden, was mit ihnen geschehen sollte, an der Schranktür hängen. Eines war aus violettem Brokat, ungewöhnlich für ihren Geschmack, mit einer komischen, breiten Schärpe, das sie sich in den sechziger Jahren hatte nähen lassen. Ein Schwiegermutterlila, vollschlank. Kostümierung zu dem, was sie nicht billigte? War es ein *letzter Versuch* (aber wozu – er verließ das Essen zu meiner Hochzeit mit K. im Johannishof so schnell), oder einfach das einzige *Schicke*, was nach dem Mauerbau zu haben war? Schick, das war eines unserer Lieblingswörter in der Vor-Mauer-Zeit. Wenn wir durchs KaDeWe spazierten, hätten wir schon gewußt, was uns gefiel. Damals hatte sie sich das Taubenblaue nähen lassen, ein glattes Kleid mit Jacke, ganz ihre Farbe, ihr Stil, ich zog es aus dem Schrank, es war immer noch ansehnlich, ein Weststoff eben, nur ein wenig verdrückt; »teuer gekauft ist billig gekauft«, zitierte sie ihre Mutter (jetzt erst fiel mir auf, wie oft sie in den letzten Jahren von ihrer Mutter gesprochen hatte). Es war ihr Besuchskleid für die Fahrten nach Westend zu den ostpreußischen Freunden, ihr Theaterkleid für die Volksbühnenabende, zu denen ich sie begleiten mußte und vor denen ich in der S-Bahn von Köpenick bis Zoo Lateinvokabeln lernte; im Schillertheater, im Renaissancetheater spazierten wir nebeneinander durchs Foyer, musterten west- und ostberliner Kleider, und trotz aller Schulbedrängnis genoß ich diese Abende; sie kaufte mir eine Sinalco, Kurs eins zu fünf, oder wir aßen zusammen ein echtes Wiener Würstchen.
Am Hals des hochgeschlossenen Graublauen trug sie eine runde Emailbrosche, ein Geschenk von ihm, sein letztes; die Brosche stellte einen Wassermann dar, ihr und sein Tierkreiszeichen,

einen wasserschüttenden Nix mit geringeltem Fischschwanz auf blauem Grund inmitten silbern aufsteigender Blasen. Wassermänner sind Idealisten. Wassermänner sind Träumer. Wassermänner sind Fanatiker.

Zwischen den ältesten Sachen hing das dunkelblaue Seidenkleid. Die vorn aufspringende Kellerfalte war leicht eingerissen von einem weitausholenden Schritt, die Ärmel, ellenbogenlang und an der Schulter angeriehen, betonten, wie es die Mode um 1930 vorschrieb, Länge und Schmalheit; das Muster, ein aus dem Blau auftauchendes Sichkreuzen weißer Fäden, leuchtete immer noch frisch. Tief unten im Schrank fand ich in einer Schachtel ein Paar Pumps aus feinem schwarzen Wildleder mit einer asymmetrischen Ziernaht, wohl aus der gleichen Zeit.

Andreas unterbrach das Räumen; er kam mit Jenni, um sich das Biedermeiersofa anzusehen. Jenni war schwanger. Es war noch nichts zu erkennen – aber *sie* hat es noch erfahren, vom Urenkel, sagte Jenni – sie stakste in hautenger Buntheit, mit grellrotem Strupphaar, durchs Zimmer. Ich fürchtete, sie würden das Riesenmöbel nicht nehmen, aber es gefiel ihnen; auch der Tisch mit der eingelegten Mahagoniplatte, dem ein Fuß fehlte; hoffnungsvoll zeigte ich ihnen die Stühle, Großmutter Donies Nähtisch, den großen Spiegel.

Sie standen Hand in Hand und betrachteten die Dinge sachlich, sie zeigten weder Sammlerleidenschaft für Antiquitäten noch betrachteten sie die Sachen als Trödel. Jenni fand heraus, daß der Nähtisch außer zwei Schüben eine aufklappbare Platte verbarg, und Andreas sagte erklärend: Gründerjahre.

Alles verbrennen! hatte ich mir manchmal gewünscht, zitternd vor Wut und Hilflosigkeit. *Dieser Kram! all dieses Gerümpel!* hatte ich geschrieen, wenn ich mit ihr über Umziehen und Wohnungstausch in Streit geraten war. Abends, als ich allein am Fenster stand, hörte ich sie sagen: Wenn ich tot bin, dann kannst du alles wegschmeißen! Ihre wütende Stimme. Ich hatte in den Pfingstferien, als ich wegen der tropfenden Decke in ihrer Küche ein Regal umstellen mußte, ein kleines braunes Töpfchen, dessen Email schon überall abgeplatzt war, heimlich in den Müll geworfen – diese Überfülle in ihren Schränken machte mich verrückt! Ich hatte vergessen, daß dieses Töpfchen an meinem Ranzen gehangen hatte, obwohl es eigentlich zu klein für die Schulspeisung war – ja, ich hatte es vergessen, sie vielleicht auch, aber sie ertrug es nicht, wie ich Dinge ihres Lebens einfach aussortierte.

Abends klarte es meist auf. Das Licht schien wiederzukehren, wenn ich am Fenster stand und im letzten Leuchten des leeren Himmelsstücks Fotos ansah. Kinder: sie, ihre Schwester, meine Schwester, ich, unsere Kinder, winters und sommers; gleichaltrig trugen vier Frauen Kinder auf dem Arm, trugen wir und unsere Kinder Wollmützchen, Sonnenhütchen, lachten dem Fotografen entgegen, bis alles ineinander verschwamm.
Der regenweiche helle Himmel draußen war derselbe, der auch über dem Müggelsee gestanden hatte, als wir gemeinsam aus dem Krankenhausfenster sahen, durch Erlenzweige hinaus auf die kaum gekräuselte Silberscheibe des Sees mit den beiden Surfern, denen sie zugelächelt hatte.
Ein Satz von Kesten fiel mir ein: »Der Tod macht jeden Menschen fiktiv.« Nicht nur sie, die auf Bildern lachten, in Briefen von sich erzählten berichteten grüßten, waren fiktiv, ich fühlte, wie ich zu ihnen hinüberglitt und Fiktion wurde wie alles um mich herum, wie die noch möblierte und doch leere Wohnung, wie alle, die mir erschienen, die Mütter und Väter und Freunde und Kinder.
Ich machte keine Lampe an, ich überließ mich der Dämmerung, legte mein Gesicht auf die Gesichter, auf die Wörter der vielen Briefe, auf die Jahre, die Jahrzehnte. Leise rief ich nach ihr, ich bat sie, aus der Fiktion zurückzukommen, ich redete sie an mit dem alten Kinderwort, dem Namen, den ich ihr erst in den letzten Jahren wieder gegeben hatte, nach all den anderen, die Distanz, Ironie, Feindschaft ausgedrückt hatten.

Mein Atem ging eng, ringsum ragten Möbel in die Dunkelheit, ich fühlte ihre Schwere: den großen Schrank, die Kommode mit den Porzellanschüsseln, die Nachtschränkchen mit ihren Schubladen und Türen; sie umstanden mich, eben noch war über Schnörkel und Säulchen ein Licht geglitten, das letzte vorm Ausmachen, vor der endgültigen Nacht, mir war, als wäre ein Flimmern auf den Ecken und Leisten hängengeblieben, als funkele es noch in meinen Augen, um mich spürte ich die Last der Dinge, zwischen denen ich allein bleiben sollte.
Sie war anderswo, in anderen Zimmern zwischen Stimmen und Schritten, im Kommen und Gehen all der Menschen in Gängen und Korridoren; sie kam und ging, fremd, mir genommen, ohne daß ich wußte, wer, was sie mir genommen hatte. Und er war verloren, er hatte sich im Augenblick unserer Abreise von uns losgetrennt, war aus unserem Abteil verschwunden, in den Strömen ihrer Tränen hatte er uns zurückgelassen.

Großmutter Donie beugte sich über mich. Ihre leise Stimme half mir vorwärts, ich tastete mich Wörter entlang, von Reim zu Reim. *Müde bin ich – geh zur Ruh – mache beide Augen zu –* sie schob mich voran auf dem holprigen Weg, ich folgte, denn folgsam sollte ich sein, das war ihr Wort, sie sprach es *folchsam* aus, so sollte ich werden, ich schlang meine Finger ineinander und holte ihre Stimme ein: *Vater laß die Augen dein* – ich aber hatte ihn verloren, er war aus unserem Abteil ausgestiegen, niemand sagte mir, wann er kommen würde, wann sein heller stechender Blick über meinem Bettchen sein würde, wann diese Dunkelheit, dieses Um-mich-Stehen von Schränken aufhören würde, aber Großmutter nahm mich mit ihrer guten Stimme und führte mich weiter, zu dem, was ich nun jeden Abend üben mußte: sie führte mich weg von ihm, von dem kurzen freudigen Gedanken, der trotz aller Sehnsucht Freude blieb, ich mußte ihn verlassen und von Unrecht berichten, denn sie wußte, ich war nicht folgsam gewesen, der Tag war eine Liste von Verfehlungen, es war unvorhersehbar, wann man sie beging, das Wort kam näher, ich mußte es aussprechen, es hielt mir meine Schlechtigkeit vor, auch das Beten konnte mir das Gefühl der Ausweglosigkeit nicht nehmen. *Sieh es lieber Gott nicht an*: Aber das konnte nicht stimmen, wenn der Überuns alles sah, wie sie mir erklärte, wenn er alles schon beobachtet und in all meinem Tun Unrecht entdeckt hatte; so tröstete es mich nicht, ihn nun zu bitten, das Gesehene nicht anzusehen. *Hab ich Unrecht heut getan – sieh es lieber Gott nicht an.* Großmutters Stimme klang mild, sie hatte mich durch das Gebet zu seinem guten Ende geführt und küßte mich zu der Ankündigung, *Gottes Güt und Jesu Hut machen allen Schaden gut*, ein Versprechen, dem ich nicht glaubte und das mich mit seinem Wortspiel aus Güte und Hüten zu verspotten schien.

Sie ging und ließ mich in der Dunkelheit. Ich konzentrierte noch einmal meinen Blick, sammelte die letzten Lichtschimmer, die von draußen hereingefallen waren, bündelte sie und richtete sie auf den Tisch, wo ich die kleine Blechschachtel wußte, mein Reisegepäck mit den Kleidern meines letzten Beistands, des Bären Gerdalein, sie blinkte, die Schachtel, sie prunkte mit ihren Pfauenfedern und Palmen, mit ihren Riesenblumen, mit der Pagode vor dem orangenen Himmel, der auf halber Höhe plötzlich die Farbe wechselte und türkis wurde und über den schwarze Vögel flogen. Made in Bombay.

Nachts träumte ich, ich liefe über eine Wiese, an deren Rand ein dichtes Gebüsch wuchs. Ich fühlte, daß ich mußte, lief auf die Büsche zu und hockte mich dahinter nieder; ich war ganz ruhig, weil es erlaubt war, dort, versteckt im Gestrüpp; wachte in warmen, nassen Laken auf.

Die Häuser in der Horst-Wessel-Allee ähnelten sich mit ihren hochfahrenden Eisenzäunen und Gartentoren, ihren säulengerahmten Fenstern, Veranden und Balkons. Zur Haustür der Nummer 11 führte ein Weg aus kreuzweis gekerbten Platten durch den schmalen Vorgarten, auf den aus einem Fenster im ersten Stock Herr Mühlmann herabsah, hager, weißhaarig, zornig. Im Treppenhaus schwankte buntes Licht.

Wenn ich die Treppe von der Wohnung der Großeltern bis zur Tür von Mühlmanns hinunterstieg, hielt ich die Hand schon bereit, die gute, die richtige, die ich geben sollte. Mit der anderen, die sich immer vordrängte, umklammerte ich das Notenheft aus Großvaters Papiervorräten. Ich trug eine Schürze, die vorn und hinten übers Kleid fiel und mit Schleifen an beiden Seiten zusammengebunden war. Von Ruth Mühlmann sagte ein Schild an der Hausecke, daß sie Pianistin und Klavierpädagogin sei, sie stand schon in der Tür, hochgewachsen wie ihr Vater, der ein Feind der Großeltern war; sie lächelte, schaute mich mit dunkelflimmernden Augen an und führte mich an ihr Klavier. Während ich dem Singsang ihrer Stimme lauschte, betrachtete ich ihr braunes, in einer Innenrolle fest zusammenklebendes Haar, der Pullover umschloß sie streng, es war angenehm, zu ihr zu gehen, wenn mir auch unverständlich blieb, was wir taten. Wir saßen in ihrem Zimmer vor dem weiß-schwarzen Klimperspiel, der Feind war nicht zu sehen, sie ließ meine Finger auf den Tasten Schritte machen und malte mir Vögelchen und Blümchen in mein Heft, die am Ende durch fortwährendes Hüpfen einen Geburtstagsmarsch ergaben, sie ließ mich darunter Zeichen schreiben, die ich noch weniger verstand, auch dafür sollte ich die richtige Hand benutzen, die sich widersetzte. Wenn ich nach der Klavierstunde in Großmutters Veranda saß, auf einem grün gestrichenen Rohrstuhl an einem grünen Rohrtisch, mühte ich mich umsonst, bis die andere Hand dazwischengriff und schnell, sooft Großmutter hinausging, die Zeilen zu Ende malte. Von unten zirpte das Spiel der schönen Ruth Mühlmann.

Auf das Rasenstück vorm Haus waren Silberstreifen gefallen. Sie kamen von Flugzeugen. Oder verhinderten sie das Kommen von Flugzeugen? Man durfte sie aufheben und behalten. Plötzlich standen alle auf und stiegen mit verheimlichter spürbarer Eile durch das buntbefensterte Treppenhaus in den Keller, in einen schmalen Raum neben der Wohnung von Frau Fries und Peter, der wie ich groß war und nicht weinte und mit dem ich manchmal hinter dem Haus auf den Kieswegen zwischen den Gemüsebeeten spielten durfte. Da saßen alle, Mühlmanns, die Großeltern, die schwarze Tante mit dem Riekchen, Frau Fries mit Peter. Sie hielt das Baby auf dem Arm und ein rosa Köfferchen zwischen den Füßen, ich lehnte mich an ihre Knie. War es wegen Herrn Mühlmann oder wegen Frau Fries: niemand redete. Über das Haus tosten Geräusche. Das rosa Köfferchen enthielt Windeln und Babyjäckchen, kleine beruhigende Sächelchen. Endlich, jemand sprach in das Kellerschweigen: Entwarnung, endlich stiegen wir nach oben und gingen in den Garten, wo wieder die schönen silbernen Streifen auf der Wiese lagen.

Großvater nannte Großmutter Donie, sie nannte ihn Theo.
Der Mann auf dem Sofa hieß Ludwig, er schien aus quadratischen Stücken gemacht, aus eckigen Schultern, eckiger Stirn, eckiger Jacke. Er saß fest und breit, die Beine klafften auseinander, dazwischen stand der Stock, auf den er sich stützte. Unter den Frauenstimmen stieß ihre schrill hervor, und ich war sicher, daß sie recht hatte: sie mußte es doch wissen, da wir unser Haus verlassen und diese endlose Reise gemacht hatten. Die anderen Stimmen wollten begütigen, wollten Frieden Verstehen Verzeihen, der Sohn und Bruder, bitte, sie solle doch leise reden.
Sie wiederholte höhnisch Worte des Mannes: *Protektorat, Prag, Deutschland!* – ...bis zum Endsieg, sagte der Mann. – *Endsieg!* schrie sie mit einem Lacher zurück, in alles Begütigen von Donie, Theo und Marianne: er war doch der Sohn, der Bruder, der ewige Pechvogel, verwundet, der nur das Beste wollte, endlich ernannt und befördert. Großmutter hob bittend die Hände: *Kinder!*

Aber sie, mit schriller Stimme, wollte nicht beschwichtigt sein, dies war Mord und Verbrechen! Der Mann trug ein kleines glänzendes Zeichen an der Jacke, das mußte der Grund sein für die Erbitterung, den unerbittlichen Zorn, der aus derselben Quelle kam wie ihre Tränen, wie die lange Eisenbahnreise, es war etwas, was ihr weh tat, sie geradezu schüttelte, dieses blinkende Knöpfchen war der Grund, daß sie immerfort schneidende Wörter fand und auf den Sitzenden schleuderte, daß sie die Familie zerstörte und doch nichts änderte, das sah ich, Onkel Ludwig würde in sein Protektorat Böhmen in die endlich erhaltene Stellung abreisen und von ihr nie wieder im Leben ein Wort empfangen.

Sie waren viele um den langen Tisch, nun war auch noch Tante Suse gekommen, Tante Suse aus dem Waldschlößchen, ob die Kartoffeln zum Mittag reichen würden?
Tante Suse hatte einen Blumenkohl mitgebracht.
Die *gute* Suse, sagte Großmutter Donie.

Sidonie und Susanne, in weißen Voilekleidern, selbstgenäht, bauschend bis zum Boden, mit enger Taille, die beiden Töchter des Archidiakonus Zeidler zu Meißen, stehen nebeneinander am Flügel, an dem der junge Doktor der Theologie sitzt. Seine schmalen Finger durcheilen die Tasten, durchdringen sie, hämmern – Musiker wird man nicht – in einer Ministerfamilie! – mit leichtem Neigen des Kopfes begleitet er die schwierigen Klänge dieses Modernen, heißt er Bruckner? Aber dann, Suse, die Jüngere, ist einen Augenblick hinausgegangen, um den Tee zu holen, hält er inne. Die Hände halten inne über den Tasten, über dem Schicksal, rasch und leicht greift er die Akkorde: *Ta – ta – tatatá – reich – mir – die Hand – mein – Leben –* . Sein Blick trifft den von Donie, bindet sich an ihre kleinen hellgrauen Augen, und als Suse wieder im Salon steht, hat Donie Theo, der aufgestanden ist, die Hand gereicht auf dem Weg ins Schloß, in die ländlichen Pfarrhäuser von Zedtlitz und Geringswalde und Weesenstein, reich mir die Hand, ein Leben in großen unpraktischen Häusern, mit schwer zu bewirtschaftenden Pfarrgärten, mit bescheidenem Gehalt, vier Kindern, Ludwig, Ernst, Lotte, Marianne.

Großmutter wiederholte: *die gute Suse.*
Das Kind musterte die Tante. Der braungraue Hut saß auf braungrauem Haar, beschattete ein knubbeliges Gesicht mit zwei kleinen behaarten Huckeln, alles an ihr war kurz und rund und doch scharf. Tante Suse hatte einen großen knubbeligen Blumenkohl mitgebracht. Die Lehnen rückten näher um den Tisch, der Blumenkohl dampfte. *Komm Herr Jesus und sei unser Gast.*
Tante Suses Stimme klang braungrau und nasal. Ein Schkandal! sagte sie, und das Kind wußte gleich: das war Onkel Ernst, obwohl es niemand gesagt hatte, es war der magere, alberne Onkel, der den Abendbrotquark ins Auge des hölzernen Schweinchens gestrichen hatte, von dem das Kind sein Brot aß, bevor er nach Danzig mußte, Onkel Ernst hatte etwas zusammen mit einer Marga getan. Großmutter seufzte. *Und sei unser Gast.* Das Kind nahm ein Zucken wahr, ein Flackern über den Tellern, sah ein scharfes Hinundherschießen von Blicken unter gesenkten Lidern hervor, durch Großvaters Gebet hindurch, über die noch immer leeren Teller, zwischen Großmutter, der schwarzen Marianne, Tante Suse. *Und segne was du uns bescheret.* Die Kartoffeln reichten für alle, auch der Blumenkohl, endlich kam auch sie, die hier Lotte hieß, von ihrem Säugling, sie ließ sich müde fallen.
Gesegnete Mahlzeit. Amen! Marianne fütterte schon das Riekchen, sie stopfte es mit gieriger Hingabe. Das große Kind bekam seine Kartoffel, die gelblich-grüne Oberfläche war wie immer voll schwarzer Punkte, und obwohl es verboten war und Undankbarkeit bewies, stocherte es sie heraus. Dann drehte es sein Blumenkohlstämmchen um und erblickte, wo sich die Äste verzweigten, eine Raupe, weiß wie der Blumenkohl, mit grünlichem

Schimmer, ausgekocht, aber immer noch dick, quergefaltet. Das Kind starrte auf die Raupe. Es fühlte, wie sie ihm aus dem Bauch würgend in den Hals stieg. Es konnte voraussehen, was nun geschehen würde.
Iß schon, sagten die Frauen in verschiedenen Tonlagen. Iß.
Das Kind würgte.
Der schöne Blumenkohl.
Der Bock! Tante Suses Stimme triumphierte nasal. Austreiben! Die Bosheit! Und wenn die Welt voll Teufel wär!
Das Kind preßte die Lippen aufeinander. Es wußte, wie es weitergehen würde und war bereit: Aufzustehen unter den Blicken, den Tisch zu verlassen, mit dem Teller in die Küche hinauszugehen. Später, wenn die Nachmittagssonne aus dem Garten in die Küche fiel und die Stimmen der spielenden Kinder heraufklangen, würde es allein am Ausguß stehen und abtrocknen: die Teller, die Schüsseln, die Gabeln, Messer, Löffel, zum Schluß die Töpfe: zur Strafe, zur Strafe, zur Strafe; mit den widerlich riechenden Tüchern.

Wir standen in ihrem Zimmer, die Töchter, die Schwiegersöhne, die Enkelkinder, ich hielt meinen Sohn, ihren jüngsten Enkel, auf dem Arm. Wir standen stumm, nicht nur ohne Worte, sondern auch ohne Gedanken, ohne Reaktionen, absorbiert vom Hinnehmen des Gefürchteten. Es war ihm immer schlechter gegangen in jenem Winter, man hatte ihm auch das Autofahren verboten, und seine gelegentlichen kurzen Besuche bei ihr, deren Anlaß die Übergabe einer kleine Summe »zur Unterstützung« war, eine formale Geste, die dennoch nicht ohne eine Spur Wärme, einen Widerschein seines Zaubers war, und die jedesmal wieder, wenn er »für einen Augenblick« zu ihr ins Zimmer trat, ein schmerzendes Glücksgefühl in ihr erweckt hatte, diese kleinen Besuche hatten aufgehört. Wir, die Töchter, waren noch einmal bei ihm eingeladen gewesen. Es war sein 81. Geburtstag, er war schwach, wurde schnell müde, und doch war es ihm gelungen, dem kurzen Abend einen festlichen Ton zu geben, freundlich und eine Spur ironisch.

Wir standen beieinander in ihrem Zimmer, an die Kommode gelehnt, wir hatten es ihr gesagt. Er war in der Nacht gestorben. Es war ein dunkler Februartag. Auch das Zimmer war dunkel. Sie hatte sich abgewandt und war hinausgegangen. Einer der Enkel, der kleine Andreas, lief ihr nach. Es erfüllte ihn mit ängstlicher Verwunderung, daß sie draußen um den Grünauer Großvater weinte: was hatten sie mit ihm zu tun? Er zog sie zu uns ins Zimmer zurück.

Sie hielt das Gesicht abgewandt. Ihr Weinen war ganz und gar lautlos. Sie war vierundsechzig, als er starb.

Dreimal habe ich sie in meiner Kindheit weinen sehen: dieses Weinen. Ich habe es in mir gefühlt. Sie weinte in mir. Etwas Unheilbares teilte sich in ihren Tränen, in wenigen, schluchzend hervorgestoßenen Worten mit.

Sie stand in der Küche, über den Ausguß gebeugt. Ich wußte, daß er endlich gekommen war, der uns im Zug verlassen hatte, er war da, sein vollgepackter brauner Rucksack, der in der Küche lag, war das Zeichen seiner Ankunft. Der Verlorene gehörte mir wieder, das Graublau seiner Augen, *Vater, laß die Augen dein*, dieser stechende, lockende Blick, das Lächeln – der Rucksack bestätigte es mir, und auch sie, wie sie da stand, über den Ausguß gebeugt, und den Rucksack auspackte oder eben ausgepackt hatte. Sie aber weinte. Er war gekommen, endlich, sie stand weinend an der Spüle und nahm Hühner aus. Es waren unsere Hühner, aufgezogen im Garten hinterm Haus, im Garten, über den der Ostseewind ging, sie waren sein letztes Gepäck seiner letzten Reise aus Ostpreußen. Ein Rucksack voller frisch geschlachteter Hühner aus dem neuen Stall, dem letzten Architektenbau. Die Küken vom Vorjahr hatten durch das klug erdachte Fenster Sonne bekommen, sie waren mit getrockneten Makrelen

gefüttert worden. Nun war er mit zwölf toten Hühnern in der Wohnung voller Frauenstimmen, in die sich Großvaters Klavierspiel mischte. Ich hatte ihn wieder, sein Rucksack lag in der Küche. Ich sah ihren über den Ausguß gebeugten Rücken, hörte ihr Schluchzen. Sie nahm die Hühner aus, ihr Rücken in der hinten übereinandergebundenen Schürze bebte, das Schluchzen zerriß die Wörter. Die Küken waren junge Hühner geworden, ich verstand das Wort genau, das sie hervorstieß: *Eierstöcke*. Ich hatte das Wort nie gehört, aber ich begriff es, ihr Weinen sagte es, ihr Weinen sagte dasselbe wie in dem Schlafwagenabteil, das ich schon fast vergessen hatte, ich hörte es aus dem Wort Eierstöcke, es war dieselbe Ankündigung, dieselbe Unabänderlichkeit. Nie, nie mehr... Sie hantierte, abgewandt von allen, über dem Ausguß. Niemand außer ihr mußte weinen, auch das begriff ich genau. Ich sah ihre Arme, die sich bewegten und etwas beiseite legten, waren es die kleinen, schon fertigen Eier? Zu Ostern, im Frühling... Niemand begriff, warum sie so maßlos und dumm heulte, um diese Hühner, die gerade recht kamen, ein Festessen, von Weihnachten bis Neujahr!
Ich aber, ich wußte es.

Dämmernd schwankte das Licht im Treppenhaus, es schlängelte sich durch die bunten Glasfenster bis zu den hölzernen Ranken auf der Tür zur Wohnung der Großeltern. Dahinter begann der Flur, mit seinen vielen Türen, zu Bad und Küche, in die fremden Zimmer, und verlor sich im Dunkeln, wo schwarze Mäntel hingen und Regale sich hinter Vorhängen verbargen. Wintergrau schwieg das Zimmer mit den hohen Fenstern hinter grünen Samtfalten. Dort standen die Stühle mit den lederbeschlagenen Rückenlehnen um den langen Tisch und gleich neben der Tür das Klavier, auf dem Großvater vor dem Mittagessen Rauschendes spielte, nachdem er seine Finger lange gerieben und umeinander geschlungen hatte. Dort saßen sie um den endlosen Tisch und falteten die Hände, auch Essen war etwas Trauriges, an den

Gardinen und Schabracken vor den Fenstern hingen ausgeblichene Troddeln, die Erwachsenen senkten die Köpfe über die Teller.

In diesem Zimmer war plötzlich ein Licht, ich sah es durchs Schlüsselloch: da flimmerten Sterne und Sonnen, wie sie nur vom Himmel kommen konnten, vom Christkind, vom himmlischen Leuchten, das in die Dunkelheit fiel, auch hierher, wo nichts Helles zu erwarten war. Großmutter Donie ging auf Zehenspitzen, sie redete mit dem himmlischen Kind, das ich gut gekannt hatte, als es in anderen Zeiten, in fernen und vergessenen Wintern überraschend durch den Schneesturm, der über die Steilküste raste, genau zu Weihnachten in unser Haus gekommen war und ich, ins Zimmer tretend, seinen Duft gerochen hatte; als ich gefühlt hatte, sicher war, daß es eben noch neben dem gelben Kachelofen gestanden und sich gewärmt hatte, und meine Freude in Klage umschlug, wegen dieser Flucht, dieses allzu raschen Aufbruchs, der mich allein zurückließ und in Angst um dieses liebe Kind, das in die weißstiebende Kälte hinausgerannt war.

Das Christkind war ins Eßzimmer der Großeltern gekommen, die Tür blieb verschlossen, Großmutter kannte es und hatte mit ihm Geheimnisse. Dreistimmig sangen die Frauen, *Macht hoch die Tür*, Großmutter, Lotte, Marianne, *die Tor macht weit*, und als die hohe verschlossene Tür endlich aufging und das Licht in all seiner Helle mich traf, war ich geblendet vor Glück, vor Liebe und Wärme, von Singen und Himmelglanz.

Grüngolden rauschte der Weihnachtsbaum, darunter lächelte ein rosa Gesicht, weiß eingehüllt, unter weißen Wiegenhimmeln, die zu beiden Seiten durchsichtig bis auf den Boden wallten, auf diese Erde: es war ein Puppenkind, ein Porzellankind, mit runden Wänglein und rotem Mäulchen, doch zugleich ein himmlisches Kind und Christkind, mir geschenkt, nichts anderes sah ich, nicht die Kerzen, die spiegelnden Kugeln, die mühsam gebackenen Kringel, nur dieses Baby mit seinen Kissen, seinem Häubchen, mit seinen Windeln und Jäckchen und Nabelbinden und Strümpfchen, das einmal Großmutter Donie gehört hatte und nun auf himmlisches Geheiß meines wurde, es öffnete ein wenig den Mund, atmete mir zu, ich durfte es aus seinem schnörkelgeschmückten Körbchen heben, das im Wiegengestell schaukelte, das rosengeschmückte Mützchen abnehmen, über das kurze, ein wenig mottenzerfressene Haar streichen, das weiße lange Spitzenkleid anziehen und ausziehen, die handgenähten Strümpfchen, die Hemdchen wechseln, ich durfte es wickeln in all dieses Weiß, und es schaukeln unter den zartbrüchigen Schleiern seines Wiegenhimmels, bis es einschlief, dieses mir endlich in all seiner Liebe erschienene Christkind. Die Nacht glühte in Licht und Wärme.

Durch den dunklen Flur tappte ich morgens auf die Tür zu, durchs dunkle Zimmer tastete ich mich am Tisch, an den hohen Lehnen entlang auf den erloschenen Fleck zu, wo am Abend zuvor Weihnachten gewesen war. Ich stand im kalten Zimmer an der leeren Stelle. Sie wußten alle Bescheid. Sie hatten es alle gesehen und waren einer Meinung. Nur ich begriff nicht. Großmutter erklärte mit sanfter Stimme. Zur Strafe. Das Christkind strafte mich. Ich wußte nicht, wie ich es ertragen sollte, wie ich diese Trennung überstehen, diese Dunkelheit aushalten konnte; ich mußte versprechen, wußte nicht was, sollte bitten und beten. Ich versprach. Ich wartete. Die Morgen waren eisstarr und grau, wenn ich am Zimmer mit der leeren Stelle vorbeiging. Der Baum blieb erloschen. Großmutter betete abends geduldig mit mir. Ich hörte auf zu warten.

Auch als das Kind eines Morgens in seiner Wiege lag, mit rosa Wangen unter dem rosenbesetzten Häubchen, in seinen Kissen, Decken, Spitzen, mit leicht erhobenen Ärmchen und mir lächelnd seine beiden Zähnchen zeigte – blieb ich traurig und ohne Hoffnung.

Wir kamen aus dem Keller. Es war Nacht. Als ein schweigendes Keller-Wir, zu dem Frau Fries und Peter gehörten und Mühlmanns, krochen wir herauf und standen dicht beisammen am Haus. Wir schauten zum Himmel. Eine Hälfte der Nacht war rotgelb gefärbt von einem unruhigen Leuchten, das vom Horizont hinter den Häusern auf der gegenüberliegenden Straßenseite aufstieg.
Dresden, murmelten Stimmen, Dresden brennt.
Dresden brennt, dachte ich. Ich werde es mir merken. Ein rotgelb zitternder Himmel, straßenwärts.
Jemand hielt mich an der Hand, es war Tag, kalt nach der glühenden Nacht, wir kamen von der Horst-Wessel-Allee auf die Hauptstraße und blieben auf dem Fußweg stehen. Ich bemerkte den Höhenunterschied zwischen Gehweg und Straße, einen grausamen Abstand zwischen uns und denen, die auf der Fahrbahn gingen. Eine Menschenmenge zog stummm, wie abwesend, beinah schlafend, vorüber.
Aus Dresden, sagte jemand, die kommen aus Dresden.
Sie gingen an uns vorbei, müde, ohne Gesichter, irgendwohin, nur weg von Dresden. Ein alter Mann im Wintermantel hockte in einem Leiterwagen, ich sah ihn langsam vorüberrollen, die langen Beine mühsam angewinkelt.

Etwas Leises drang in meinen Schlaf. Großmutter stand im Dunkeln über mich gebeugt, ihre Stimme klang weich, ringsum blieb alles still. Großvater ist heut nacht gestorben. Es war etwas Tröstliches in ihrem Flüstern. Ich schlief wieder ein.
Wie ein Schatten ging Großvater durch die Wohnung, er rieb sich die dünnen Hände, vor dem Mittagessen saß er am Klavier und ließ es rauschen. Über dem Sofa, auf dem Onkel Ludwig gesessen hatte, hing ein Bildchen, das einen jungen bärtigen Mann im braunen Kittel darstellte, um den sich Kinder in weißen Schürzchen drängten, während vorn am Rand ein Hündchen sprang. Das Bild hieß: Lasset die Kindlein zu mir kommen!

Dieser Jüngling war Großvater, es war sein ovales Gesicht mit der langen Nase, der herabfließende Bart, es war sein geduldiger Blick über den erhobenen Händen. Ein anderes Bild des Großvaters lag in seinem Schülermäppchen aus feinem braunem Leder mit eingeprägten grünen Kleeblättern, das er mir geschenkt hatte, und das noch sein goldgerandetes Papier und eine zusammenschraubbare Schreibfeder enthielt; es war eine Zeichnung seines Vaters, des »Staatsministers«, die Theo zu meiner Verwunderung als ein Kind, nicht viel größer als eine Puppe, in einem Kleidchen, von einem Strohhut beschattet, darstellte.

Wie der junge Mann auf dem Bild hatte Großvater die Hände ausgestreckt und auf dem von Mahagonisäulchen umgrenzten Podest im Salon, wo sonst Großmutter Donies Nähtisch stand, aus einem blinkenden Kännchen Wasser auf das Rotschöpfchen geträufelt. Die Paten fern, in alle Winde zerstreut, hoffentlich noch am Leben. Victoria. Nein, hatte sie laut gesagt – sie trug ein leuchtendes Blumenkleid und hielt das Rotschöpfchen in einem weißen Kissen auf dem Arm – das bedeutet es gerade nicht, nicht Sieg, nicht der von denen! Es ist der Name einer Königin. Ich verstand sie genau: ich trug ja auch den Namen einer Königin.

Ich setzte Fuß vor Fuß auf die knirschende Erde, auf der große Flocken liegenblieben wie Blumen. Auch auf das Cape, das ich trug, fiel Schnee und fleckte es weiß. Ich ging mit all denen, die in Großvaters Wohnung wohnten, zu seinem Begräbnis; sie hatten mir ein dunkles, schweres Cape angezogen und ein Sträußchen in die Hand gegeben. Ich zeichnete meine Fußabdrücke auf die weißgesprenkelte Erde zwischen andere Spuren, die einen Weg zu Großvaters Grab bildeten. Ich hielt den Blick gesenkt, ich sah die schwarze Frosterde, die Schneeflocken und die roten Blüten in meiner Hand. Die Blütenblätter bogen sich zurück, eisig und gläsern, aber sie schienen mir auch saftig und fruchtig, es war, als verberge ihr kleiner runder Schlund einen Duft, für später, vielleicht.

2   Ich hatte Wegwerfen immer für einen Akt der Freiheit gehalten. Als ich in den Heizungskeller stieg, um die Stöße von Briefen zu verbrennen, die ich in ihren Schränken gefunden hatte und von denen ich nur einen geringen Teil behalten konnte, wartete ich auf ein Gefühl der Erleichterung. Es mußte doch eine Art Freude nach dem Abwerfen all dieses Ballasts eintreten, irgendeine Zufriedenheit. War es nicht eine Art Brandopfer? Ich kniete vor dem rauchenden Ofen, das Feuer brannte schlecht, ich mußte es immer wieder mit Holz und Papier anfüttern – immer noch besser, wenn dies alles unter meinen Augen zu Asche zerfiel, als daß es der Wind über eine Müllkippe trieb.

Der Ofen qualmte, draußen regnete es, die Feuchtigkeit drückte nach innen, überdies war die Heizung seit Jahren nicht repariert worden; nach der Metamorphose der KWV zur GmbH hatte man der letzten Mieterin nicht einmal mehr einen Schornsteinfeger geschickt. Ich löste die Schleifen von den Jahresbündeln, zerriß Umschläge, Adressen, Absender, Grüße und Fragen, stopfte sie in das schwelende Feuer, das immer wieder aufflackerte und zusammenfiel, ich fütterte die Flammen mit dem kleinen Bett meiner winzigen Königin, keinem Kind konnte ich ihr abgeschabtes Himmelbettchen anbieten, ich verfeuerte den Thronsaal, den ich aus einer Zigarrenschachtel gebastelt hatte, mit seinen immer noch wallenden Vorhängen und selbstgebauten Stühlchen, ich warf Todesanzeigen hinterher, einen kleinen Bären mit gänzlich abgeschabtem Fell namens Gerdalein, zwei Karten, russischer Vordruck, Euer Freund Paul Preuß, ich verbrannte die Lebenszeichen der Überlebenden, zerknüllte die Signale der Gebliebenen und der Gegangenen, ich äscherte Ansichten aus Thüringen, Mecklenburg, Sachsen ein, las noch einmal die rarer werdenden Grüße aus der weiten Welt hinter der Mauer, dreiundvierzig Jahre in einer Berliner Wohnung, Tränen störten mich, Rauchtränen, der Rauch klebte an mir, ich stank nach Ruß, als ich die Kellertreppe nach oben stieg.

Er drängte sich nicht vor. Schattenhaft erschien er auf einem Weg über die Dünen. Zarte, nicht sehr tragfähige Schultern. Ein verwehtes Lächeln, halb verborgen im Bart, verwischt vom Seewind. Groß, dünn kam er näher, einen halben Schritt hinter der kleinen lachenden Donie, auch sie körperlos, umrißlos, als wäre sie ihr Leben lang Großmutter gewesen, nie die Kleine mit der Wespentaille im bauschenden Voile. Hell und lose gekleidet wanderten sie als Feriengäste durchs windgebeugte Strandgras auf ostpreußischen Dünen. Das letzte Mal, im Sommer neununddreißig, noch »im Frieden«, wie Theo und Donie später die Zeiten schieden, taufte Theo seine erste Enkelin. Im selben Jahr wurde ihm auch ein Enkelsohn geboren; aber Ludwig, mit dem Zeichen der Sieger auf dem Jackenaufschlag, brauchte für den Knaben Siegfried keine Taufe.

Die wenigen Fotos, die es von Theo gibt, zeigen ihn als stets denselben: einen hochgewachsenen Jüngling bis ins Alter, zart auf eine sanfte und rührende Weise, wie ein Schatten, der immer ein Schatten bleibt.

Den schwarzen Lederband mit Goldprägung und den feingemusterten gold-braunen Vorsatzblättern, der seinen Namen trug, hatte ich bisweilen in die Hand genommen, zum Lesen hatte ich niemals Lust gehabt. Der Name des Philosophen im Titel und ein Widerwillen gegen pastorale Rechthaberei, die ich voraussetzte, hatten mich davon abgehalten. Die Idiosynkrasie gegen Feuerbach rührte aus Studienzeiten her, in denen der Philosoph bei der im »Grundstudium« geübten Zweiteilung des Denkens in *Falsch (Idealismus)* und *Richtig (Materialismus)* als »vormarxistischer Philosoph« den Richtigen zugeschlagen wurde, trotz einiger Einwände wegen »metaphysischer Denkfehler«. Feuerbach habe, so schrieb ich damals mit, den irdischen Ursprung der christlichen Dogmen nachgewiesen, den ihnen zugrunde liegenden Anthropomorphismus aufgedeckt, die Existenz Gottes und die Lehre von der Unsterblichkeit abgelehnt sowie eine allgemeine Determiniertheit des Menschen in der Natur anerkannt.

Das alles bewirkte, daß ich mir die Auseinandersetzung meines Großvaters mit dem Vormarxisten als ein sinnloses Aufeinandertreffen von Unvereinbarem vorstellte. Eine Pastorenpredigt gegen einen Atheisten – nichts konnte langweiliger sein.
Das Wesen des Christentums von Ludwig Feuerbach. Darstellung und Kritik. Eine religions-philosophische Studie von Dr. Theodor Turban, gedruckt 1895 in Karlsruhe in der Braun'schen Hofbuchdruckerei. Im Manuskript von dem Unterzeichneten behufs Zulassung zum philosophischen Doktorexamen der hochlöblichen philosophischen Fakultät der Universität Leipzig eingereicht und von derselben angenommen; gewidmet seinen theueren Eltern in Liebe, Dankbarkeit und Verehrung.

Ein klavierspielender Schatten in einer dunklen Wohnung voller Stimmen, Großmutter Donies Flüstern an meinem Bett. Ich ging zu seinem Begräbnis unter einem schweren Cape, es war ein Schneeflockentag, die Schritte blieben schwarz auf der Erde, das Weiß hing auf dem rauhen Stoff des Umhangs und auf roten Blüten, vor fünfzig Jahren.
T.T.: zwei Buchstaben in Kreuzstich, violett auf weißem Grund. Sie zog das Badetuch aus ihrem großen Schrank, als mein Kind geboren wurde, ich wickelte es in das verwaschene Rhombenmuster mit dem violetten T.T., von Donie gestickt. Legte es später dem langaufgeschossenen Jungen um die Schultern.
»Staatsminister«, sagte Donie stolz: Theos Vater war Minister in Baden-Württemberg – das Wort gehörte zu all dem, was ich später an ihr verachtete.
Aus der Ministerfamilie überdauerte eine Andekdote, die Theo leicht schwäbelnd seinen Kindern erzählte und die auch wir unsern Kindern berichteten. Zu einem Essen im Haus des Ministers war auch der Bürgermeister mit seiner Frau eingeladen. Als die üppige Dame aufgefordert wurde, sich ein zweites Mal zu bedienen, antwortete der biedere Mann vor allen Gästen für sie: »Herr Minister, meine Frau dankt: sie ist voll bis hierher!«, was er der

Tafelrunde mit der horizontal unterm Kinn ausgestreckten Hand anzeigte.

Sie waren lebenslustig im Karlsruher Haus, es herrschte badische Heiterkeit. Nur eines war ausgeschlossen: Die Musik als Beruf. Theo wurde nicht Organist. Er liebte seine Eltern, wie die Widmung sagt. Liebe war auch Gehorsam. Liebe zur Musik war auch Liebe zu Gott.

1895, achtundzwanzig Jahre alt, berief er sich gegen Feuerbach auf die Liebe. Damit geriet er in eine seltsame, geradezu lächerliche Position: er erschien als der Verteidiger des Alten, der Konservative gegen den materialistischen Staubaufwirbler. Feuerbach hatte es leicht in der Rolle des fortschrittlichen Demystifikators: Glaube? Nichts als eine Projektion der menschlichen Lebensverhältnisse!

Der Doktorand: Glaube entsteht aus einem Gemeinleben in Liebe.

Feuerbach, triumphierend: Der Mensch verdankt sein Menschsein allein der Natur!

Der Doktorand: Welch trauriger Determinismus.

Was ich Glaube nenne, die Gemeinschaft der Menschen miteinander und mit der Schöpfung, schließt Verantwortung und Willen ein; keine Herrschaft, sondern ein Ineinander von Bestimmtsein und Sich-selbst-Bestimmen.

Der Ton des jungen Theologen ist gemessen, da ist nichts Eiferndes, nichts Verkündendes; es ist ein Ton der Unterscheidung, der Klärung. Überlegung, nicht Überlegenheit. Keine Frömmelei, nur Sanftmut.

Der Philosoph: Der Glaube macht das Subjektive zum Objektiven oder Absoluten; das wirklich Objektive der Natur aber geht für den Glauben unter.

Mein Großvater: Die bloß begriffliche Spekulation oder wissenschaftliche Erkenntnis der gesamten Natur wird niemals die Wirklichkeit ganz erschöpfen und darum den Menschen, der

nicht ein bloß intellektuelles Wesen ist, niemals ganz befriedigen können. Denn der Mensch fragt nicht nur nach der äußeren Beschaffenheit und Bedeutung der Dinge, sondern auch nach ihrem inneren Zweck und letzten Gesamtsinn. Der Glaube ist der Schlußstein, der die Lücke der nicht ausreichenden menschlichen Gesamterkenntnis und Gesamtweltanschauung ausfüllt. Jedem Versuch, in erkenntnismäßiger Weise die gesamte Natur zu begreifen oder in einem *Systeme* darzustellen, liegt im letzten Grund ein gewisser Glaube zu Grunde. Und auch aller Atheismus und Materialismus, der den Glauben so sehr bekämpft, glaubt doch an ein letztes *Etwas, eine letzte unbekannte Größe.*
Pastor – in allen Stimmen, allen Erzählungen hatte das Wort einen spöttischen Beigeschmack. Zu den ironisch benutzten Bibelzitaten aus dem Familienrepertoire gehörte der Spruch: *Den Seinen gibts der Herr im Schlafe,* der natürlich auf kinderreiche Pastorenfamilien bezogen wurde. – *Herr Paster, Herr Paster* – aus der Ferne die Stimme meiner Erzählerin, die eine andere Erzählerin wiederholte, welche wiederum den Postboten aus Weesenstein nachahmte, der, eine Postkarte schwenkend, durch den Garten aufs Pfarrhaus zustapfte und dem im Studierzimmer unterm Giebel an seiner Predigt Schreibenden die Botschaft der Karte zurief: *Herr Paster, die Tante Suse gommt nicht!* – Mein Großvater war Pastor, sagte ich zur selben Zeit, als ich erklärte: *Ich bin in Kaliningrad geboren,* mit derselben halben, falschen Ironie.
Der Beweis des Christentumes beruht nicht auf logischen Schlußfolgerungen, schreibt der junge Theologe, sondern in dem *Thaterweis,* wie ihn das Neue Testament selbst ausspricht: »So Jemand will dess Willen *thun,* der wird inne werden, ob diese Lehre von Gott sei oder ob ich von mir selbst rede.« Sein Vorbild ist das Urchristentum: »...seine Gemeinden setzten sich vornehmlich aus den wenigst gebildeten und niedrigst stehenden Kreisen der Bevölkerung zusammen und vertraten ein noch heute mustergiltiges Christentum, auf dessen Vorbildlichkeit mit

Recht neuerdings wieder mehr aufmerksam gemacht worden ist«.

Neuerdings und *mit Recht* sagt er und verrät damit seine unzeitgemäßen Hoffnungen. Mehr noch: diese *Gemeinschaft in Liebe*, dieses Reich Gottes, das nicht aus äußeren Gebärden besteht, sondern, Lucas XVII,20,21, »inwendig in den Menschen ist«, schließt, wie er betont, alle Menschen ein, Christen und Nichtchristen – und das richtet sich nicht nur gegen Feuerbachs Behauptung, das Christentum beanspruche für sich allein alles Heil, sondern auch gegen den Antisemitismus seiner Zeit. Er sieht mit dem neuen Jahrhundert eine neue Geisteshaltung heraufkommen: den »Altruismus ... wie dieser Standpunkt von der neueren Philosophie bezeichnet wird«.

Feuerbach macht den Menschen zum Zentrum und Herrscher der Welt, wie es dem Geist seines Zeitalters entspricht, der dem Menschen alles erlaubt, vom »Weltverändern« bis zum »Weltzertrümmern«. Der unzeitgemäße Jüngling hofft auf die Einheit des Menschen mit dem Anderen, mit der Natur, dem Universum: kein Herrschen, sondern ein Miteinander und Ineinander.

Aber er ist kein Prediger, er hat gar nichts Pastorales. Er hat nichts als seine Kenntnis der Religion. Seine Zurückhaltung entspringt einem tieferen Wissen, dem von der Unsagbarkeit der Glaubensdinge, das sich aber nie geheimniskrämerisch oder mystisch aufspielt. Das Göttliche könne man, so zitiert er zweimal den Apostel Paulus, nur »wie in einem Spiegel« wahrnehmen.

Wo Feuerbach den Begriff vom ewigen Leben unweigerlich als Projektion menschlicher Hoffnungen interpretiert, ist »Seligkeit« für ihn kein ins Jenseits versetztes Erdenglück, kein »Freudenleben ohne Ende und ohne Schranken«, sondern die Herstellung der Einheit des Menschen mit dem Göttlichen – gleichsam die vollendete Form aller Gemeinschaften. Mehr soll man nicht erklären: das »ewige Leben« bedeute »die reale Lebensgemeinschaft mit Gott«, dem universalen, nie ganz erkennbaren Prinzip der Liebe, »ohne im Einzelnen genaue Angaben zu machen«.

In einer überraschenden Wendung, die schon die Ungläubigkeit streift, erklärt er seinen Gedanken, indem er den Satz aus dem Johannesevangelium »Wer an mich glaubt, hat das ewige Leben«, als Gleichzeitigkeit deutet. Nicht: *Wenn* du glaubst, sondern einfach: Wer glaubt, *hat* das ewige Leben.
Einen Augenblick zeigt sich das Unmögliche: Glaube als Himmelreich auf Erden. Hier wäre das Paradies – wenn es nicht etwas Stärkeres gäbe, einen menschlichen Antagonismus zum Leben: den »Widerspruch des Menschen mit dem göttlichen Gesetz oder mit Gottes Willen«. Das ist »Sünde«. Es ist die Unfähigkeit, Teil des Ganzen zu sein. Wille zur Macht. Angemaßte Herrschaft über die Natur, über das Andere. Das Urelement Haß, Todestrieb. Eine unermüdliche Zerstörung aller Paradiese. »…und dieser Widerspruch haftet ebenso der Gesamtheit wie dem einzelnen Menschen an.«
Mein junger Großvater, als wisse er, welche Heilsversprechungen das 20. Jahrhundert machen wird, wie alle Formationen siegesgewiß die Lösung aller Widersprüche ankündigen werden, fährt fort, doch ohne Pessimismus: »In diesem Sinne wird daher die Sünde durch die gegenseitige Ergänzung oder den Verkehr der Menschen niemals abgelöst; denn die Menschen aller Zeiten sind darin stets dieselben geblieben, und auf den Fortschritt der Kultur und Bildung kommt es hier nicht an.«
Auf den Pfarrstellen in Geringswalde, Weesenstein und Zedtlitz in Sachsen, von Sonntag zu Sonntag durchs Kirchenjahr: die Gemeinschaft in Liebe, die »praktische Liebesthätigkeit«. Ein neues Jahrhundert, Feuerbach war vergessen. Konnte sich das gegen ihn behauptete »Bestimmtsein und Sich-selbst-Bestimmen« unter den sächsischen Bauern in den Dörfern um Borna behaupten?
Theo saß im Studierzimmer, er schrieb lange an seinen Predigten. Donie las sie gern, wenn Schwangerschaften, Geburten, Krankheiten der Kinder, Haushalt, Pfarrgarten ihr Zeit ließen. Manchmal riet sie ihm, es ein bißchen einfacher zu sagen, die Bauern schliefen sonst ein. Sie hatten ihren Pastor auf ihre Art gern, zu

Weihnachten bekam er eine Gans und ein gutes Stück vom Selbstgeräucherten. Religiös-philosophische Abhandlungen verfaßte Theo nicht mehr. Er spielte Klavier, phantasierte auf der Orgel. Samstags trug Donie warmes Wasser hinauf ins Schlafzimmer, wo er, in einem Bottich stehend, seinen schmalen hochgewachsenen Körper damit übergoß. (Wie hat ihn Mutter verwöhnt. Die leise Altersstimme meiner Erzählerin. Ferner Kinderneid. Ein weißes Badetuch mit violetten Rhomben, um schmale Schultern gelegt.)
Sonntags an der Familientafel trank er als einziger ein Glas Wein. »Haben als habe man nicht«, zitierte er Paulus, aber dies bedeute nicht *überhaupt nicht haben*, sondern sei im religiös-sittlichen Sinne zu verstehen – den weltlichen Gütern und Ordnungen gegenüber Selbstbeherrschung zu üben. Er trank ein Glas Wein aus seiner heiteren badischen Heimat. Die Söhne hielten sich, als sie größer waren, am Abendmahlswein schadlos, den sie aus seinem Schrank stahlen.
»Er liebte seine Kinder und verstand sie nicht.« *Ihre* Stimme.
Er verehrte seinen Schwiegersohn, den in Ostpreußen berühmten Architekten, dessen Atheismus ihn nicht kränkte. Auch der Architekt empfand Achtung für den schweigsamen alten Pfarrer. Später (in der Neuen Zeit) schwand sie, rückwirkend gleichsam, wie vieles andere, aus Gründen, die nichts mit Großvater Theo zu tun hatten.

Im Frühjahr 1944 schrieb Theo in zittriger Schrift, die aber immer noch aussah, als sei sie aus kleinen Perlen und Muscheln gezeichnet, nach Ostpreußen: »Wir sind jetzt stets mit der Frage beschäftigt, ob Ihr nicht bei dem steten Vorrücken der Russen in Gefahr seid? – dann müßtet Ihr eigentlich zu uns oder in unsere Nähe kommen. Oder erscheint Euch die Lage anders, als wir sie mit unseren schwachen Kräften beurteilen können?«
Im September 1944 taufte Großvater Theo seine jüngste Enkelin, die kleine Rotschopfige; die Familie war im Salon in Radebeul

um eine neue kleine Königin vereint. Der Spruch, den er für sie alle gewählt hatte, lautete: »Freuet euch, seid vollkommen, tröstet euch, habt einerlei Sinn, seid friedsam! So wird der Gott der Liebe und des Friedens mit euch sein.«
In schöner, leicht schwankender Perlen- und Muschelschrift schrieb er ihn ins Gästebuch der Taufeltern, die nun selbst nur noch Gäste waren.
Die Mutter des Täuflings, die ungläubige Pastorentochter, saß im geblümten Kleid, den Kopf gesenkt, sie blickte in ihren Schoß, auf das Kindbündel in weißer Familienspitze, in dem ihr der Gott der Liebe erschien, an den sie geglaubt hatte, an dem sie festhalten wollte, in dem sie ausharren mußte.

Geuß sehr tief in mein Herz hinein / du Gottesglanz und Himmelsschein / die Flamme deiner Liebe, schrieb Großmutter Doni einige Jahre später in mein Poesiealbum. Ich lächelte; noch mehr lächelte ich über die Unterschrift: »Deine Omi, Frau Pfarrer Turban«. Ich wußte nicht, daß Theo auf diese Art mit Donie weiterlebte, noch zwanzig Jahre ihres langen Lebens.

3   Die drei Frauen standen im Salon am Fenster, sie schienen sich in die Gardinen wickeln zu wollen, drei Schatten, die sich aneinander festhielten, während sie auf die Straße hinunterstarrten, die in diesem Augenblick den Namen Horst-Wessel-Allee verlor und Allee-Straße hieß.
Wie gut es sei, daß er graues Haar habe, sagten die drei Frauen zueinander.
Ich sah die Russen deutlich, ich erblickte sie durch die drei dunklen Gestalten hindurch, ich erkannte sie an den groben Jacken, den Gürteln, den Stiefeln. Sie sprangen unter Planen hervor, *Säbel!* flüsterten die drei Frauen, und ich sah Säbel, sah Schatten, die von Fahrzeugen setzten und unter den Alleebäumen landeten, schwerfällig und doch rasch, die in die Villa hinter der Buchshecke drangen, durch den Vorgarten, den Windfang, ins Haus. Schrie jemand dort drüben? Ich stand hinter drei Frauen am Salonfenster, die Samtportieren blähten sich wie Zelte, die Straße mit ihren Baumreihen war leer, kein Mensch, nur zwei Lastautos vor der Villa schräg gegenüber. Schrie dort jemand?
Mit einem seltsamen Hecheln sagte sie, es sei ganz richtig so, die da drüben habe denunziert bis zum letzten Tag.
Die Russen.
Sie waren da. Auf der Treppe vor der Wohnung ein Trampeln und Treten, es drang bis zu uns in den Salon, wo Großmutter mich sanft und fest an der Hand hielt. Eine Frau. Mitgehen. Los. Sie, sie war diese Frau, nicht Großmutter, nicht die schwarze Tante. Sie zeigte auf den Säugling, auf mich. Die Großmutter und die Tante standen wie eine stumme Hecke neben ihr, auch er, mit seinem grauen schütteren Haar, das bezeugte: er sei kein Soldat. Seltsam sah sie aus, wie sie hinausging: ein Mann, mit Hosen, Rock, Mantel und Kopftuch.
Kochen sollte sie! sie rief es in den Flur hinein, als sie wiederkam. Kochen! Sie war so froh, ich fühlte ihre Freude, ihre Stimme füllte die Küche: alles war gut, vielleicht, weil sie soviel Brühe mitbrachte, kochen sollte sie, für die Offiziere, eine halbe Kuh,

die hatten aber auch gar nichts, keine Zwiebel, nur eine halbe Kuh, eine große Kanne voller Brühe brachte sie mit, alle standen in der Küche und betrachteten die große Blechkanne, ein Wunder.
Er ging los, der Geliebte, jeden Morgen, mit seinem grauen schütteren Haar, mager, lebensmittelkartenlos, alle redeten immerfort darüber, in seiner viel zu weiten Jacke mit dem Rückengurt, ging in eine Villa an der Ecke zur Hauptstraße, mit einem alten Heft, seinem Füller. Er begann mit dem Alphabet, den kyrillischen Buchstaben. Bei Fräulein von R. lernte er Russisch.

Sie lag im Salon. Sie hatte kaum noch etwas gegessen, so war sie eben, alles gab sie den Kindern, sagte Großmutter Donie. Nun aß sie nichts mehr. Sie lag auf dem flachen Diwan im Salon, bleich, schweißnaß, reglos. Sie sprach nicht, manchmal seufzte sie. Die Wohnung hinter der Salontür wimmelte von Stimmen, aber im Salon war es so still, daß ihr Seufzen darin hallte. Großmutter Donie nahm mich bei der Hand, zog mich hinaus. Sie blieb dort, unter den faltigen Laken, als hätte sie keinen Körper mehr; sie war so naß und bleich, wie sie sich auf die andere Seite drehte, sich ganz abwandte. Sie ließen mich nicht zu ihr, ich war so weit von ihr, in der vollen Wohnung, mit der Tante, dem Riekchen, dem Rotschöpfchen, der Großmutter, dem Geliebten, der Russisch lernte.
Dort im Salon lag sie, allein.
Viele Jahre später, bei einem Gespräch über Wechseljahre und ihre Beschwerden sagte sie, wie nebenbei, und ich achtete nicht weiter darauf, sie habe nichts dergleichen gehabt. Rein garnichts. Damals, als sie krank war (sterbenskrank, sagte sie), habe ihre Menstruation einfach aufgehört.

Tante Suse in Meißen führte mich durch ihre Zimmer, die ineinander verschachtelt zu sein schienen; eines war rund, mit einem großen, flachen Klavier, die Möbel darin glänzten goldrot. Bei

Tante Suse wohnten junge Männer, die sie *meine Pangsionäre* nannte oder *meine Herren*. Ich sah diese Gäste nicht, die mit Bratkartoffeln ernährt wurden, ich lag in einem kleinen Raum, fern von dem runden Zauberzimmer, lag in einem Bett, das mich abwies wie ich es, sie hatten mich dort abgegeben, sie und er, hatten mich einfach im Waldschlößchen in Meißen gelassen. Mir tat etwas weh – war es ein Knie? Ich lag mit meinem Schmerz in einem dunklen Zimmer und fühlte das Fremde groß in allen Räumen. Es war zu riechen, es pulste in dem blutig aufgeschlagenen Knie, es war das ganze Waldschlößchen am grünen Hang über der kleinen regennassen Stadt, die rötlich glänzenden Möbel, die schwarzen und braunen Klaviere, die ineinander verschachtelten Korridore, die Erker, ein Geruch nach Bratkartoffeln. Nur eines tröstete, sie würden mich wieder abholen. War es eine Strafe oder eine Belohnung? Auch das Wort *Belohnung* spielte in Großmutter Donies Gesprächen mit mir eine große Rolle. Ich lernte Stricken und fand im hellblauen Knäuel viele kleine *Belohnungen*.

Ja, es war wohl eine Belohnung. Alle meinten, daß sie mir etwas Gutes angetan hätten, sie und er, denn beruhigt und heiter waren sie weggegangen (wohin?), auch Tante Suse, die eine Weile an meinem Bett stand, dem schmerzenden Knie mit ihrer nasalen Stimme Trost zusprach und sich in ihre Gute Nacht verzog.

Ich dürfe nichts erzählen, sagte Angi, das sei unser Tag. Sie solle mich zur Schule bringen, aber sie habe was Besseres vor: sie wolle in ein Gartenlokal und dort für die Marken, die sie für sich und für mich bekommen hatte, zu Mittag essen. Für Angi war dies ein guter Tag, sie lachte mit roten Lippen. Angi war eine Freundin der jungen Witwe, ein Gerede ging um sie, das ich nicht verstand. Ich wollte zur Schule, nicht in ein Gasthaus in der Lößnitz, mir war nicht lustig zumute: niemand durfte mich sehen, am nächsten Tag sollte ich lügen, nur weil Angi mit den hochgebauten Locken und den ausgreifenden Schultern irgend-

wo für unsere Marken zu Mittag essen wollte. Das Gefühl der Verstrickung kam von dem erzwungenen Schwänzen, aber noch mehr von dem, was die erste Lüge nach sich zog. Angi saß mir gegenüber, mit ihrer Turmfrisur, dem gemalten Mund, übereinandergeschlagenen Beinen, und erklärte mir, ich sei krank, sie habe schon in der Schule Bescheid gesagt. Ich war in ihr Lügenkichern gefangen und konnte mich nicht befreien, niemand durfte mich sehen, ich saß geduckt, mit dem Rücken zu den anderen Tischen, hinter einer Hecke in einem nackten Garten.
Angi Hain, mit ihrem trotzigen Lachen, Angi, die Lustige, die alle gern hatten, wenn auch mit einer Spur Mißtrauen gegen soviel Leichtigkeit, gegen soviel Lippenstift und Jugend, schaute mich an und begriff nicht, warum ich so stumm und trist neben ihr saß. Sie aß. Es war ein windiger Tag, die Sonne schien blaß, wir sahen von unserm Tisch durch struppige Büsche auf eine Straße, auf der Stahlträger transportiert wurden, Demontage hieß das.

Sie hatte immer noch dies ruthbeckiagelbe Haar, das sich leicht nach innen bog. Rika stand vor meiner Tür, mit hellen Fältchen in den Augenwinkeln, müde von einer ihrer langen Reisen, die ihr der Sterndeuter vorausgesagt hatte, als sie neben mir auf dem Gartenweg spielte. Sie hatte einen Garten angelegt, sie hatte einen Berg bestiegen, sie war in Mexico, in der Provence, in Brasilien gewesen. Hin und wieder, wie zufällig, kam sie auf ihren Wanderungen bei mir vorbei, aber diesmal war es Januar, Wassermann-Monat, sie hatte es nicht vergessen, ich sah es an den Tulpen, die sie in der Hand hielt. Sie setzte den Rucksack ab, ich umarmte sie, die viele für meine Schwester hielten, wenn wir zusammen durch die Stadt gingen. Vielleicht waren wir einander ähnlicher als unsere Mütter, die Schwestern gewesen waren: eine seltsame Vertauschung, die sie immer betont hatte, wenn sie zu der Goldhaarigen sagte: Meine wirkliche Tochter bist du, das

Gärtnerische hast du von mir. Nur ihr vertraute sie ausgefallene kleine Bitten an, für die sie von uns kein Verständnis erwartete: moosgrüne Stopfwolle für die durchgescheuerten Ellenbogen ihrer alten Strickjacke oder weiße Baumwollsöckchen, glatt, ohne Gummizug. Nur mit ihr konnte sie sich über ihre Weihnachtskakteen, die Amaryllis, den Hibiskus austauschen, ja ein wortloses Verstehen herrschte zwischen ihnen, ein lächelndes Gewährenlassen und Anhören, sie hatten füreinander eine besondere Achtung, die sicher auch der größeren Entfernung, in der sie voneinander lebten, zuzuschreiben war, aber nicht nur. Aus dem Satz »Meine wirkliche Tochter bist du« hörte ich einen Vorwurf gegen mich heraus, eine Enttäuschung.

Mir schien es, als seien wir eine Masse von Kindern, die im hinteren Garten zwischen den Beeten spielten. Riekchen, Peter aus dem Souterrain, die kleine Rote, ich. Vaterlos waren wir alle, auch ich. Der endlich Gekommene war in die Bodenkammer gezogen oder ging mit seinem kleinen Koffer aus dem Haus, nach Dresden, Weißenfels, Cossebaude. Um uns kreisten die Stimmen der Mütter, der jungen Frauen, der Großmütter, der dicken Nachbarin, Frau von Treskow, von der eine weiße Kaffeekanne zu uns kam und eine Lederjacke des »alten Herrn von Treskow«, den ich nie sah und dessen dauerhaftes Stück ich später beim Segeln auf einem märkischen See trug – um uns kreisten Frauenstimmen, die von Frisuren, Hüten, Nasen, Kartoffeln, Brotaufstrich redeten, es wehten die geblümten Kleider, auch ein blaues, schmal geschnittenes Seidenkleid war darunter, mit weißem, sternähnlichem Muster, leicht angeriehenen Ärmeln und eingerissener, immer wieder vorsichtig zusammengestichelter Schrittfalte, das eine viel zu dünne Frau trug; daneben das Schwarze der Witwe, die jung und untröstlich war und deren Stimme sich in alles Reden einflocht wie meine Zopfbänder sich in meine Zöpfe schlängelten. Ich hatte Zöpfe, das unterschied mich von den beiden Kleinen, deren Haar lose herunterhing. Bei Riekchen bog es sich zu beiden Seiten der Wangen aufwärts bis in die Augen, es hatte die Farbe der Ruthbeckia und der Ringelblumen, die in der Sommerdürre schlaff am Beetrand standen. Riekchen sprach nicht, sie saß von uns abgewandt auf dem Weg und schob sich mit regelmäßigen Bewegungen ihrer kleinen Hände Kies in den Mund, bis die Frauenstimmen gerannt kamen und sich zu einem Würmergeschrei vermischten.

Nur ich sah Riekchen im dunklen Korridor, ihre Wangen blähten sich, daß die Augen verschwanden. Auf dem Regal hinter dem Vorhang hatte sie eine Schüssel mit kalten Pellkartoffeln entdeckt; stumm, mit geschwollenem Gesicht ging sie wie ein Gnom durch den Korridor, so klein und komisch. Ich war groß.

Die Sonne stand in der Küche, wenn ich Geschirr abtrocknete. Das Tuch wurde schnell feucht und roch dumpf, es war keine Belohnung, es war keine Strafe, es war bloß Abtrocknenmüssen, weil ich groß war.

Manchmal sang Großmutter Donie in der Küche mit Lotte und Marianne, ich mischte mich brummend in die Stimmen, die auf verschiedenen Wegen durch Zuckerrübendampf mit- und gegeneinander wanderten. Tief unten sang Großmutter, dann stieg sie hoch hinauf, wo niemand ihr hinterherkam – oder war die hellste Stimme die der Schmalen im blauen Kleid, die klang, als wollte sie bis auf die Lößnitz?

An dunklen Überraschungsmorgen sangen sie, mit feierlichem Schritt zog der Choral auf drei Stimmen ins Zimmer, eine Kerze brannte, ein Sträußchen schwankte, der Geburtstäger im Bett, hungrig, noch keine Marken für Zugezogene, spielte Aufwachen, spielte freudige Überraschung, sang in Gedanken mit: Bis hierher hat mich Gott gebracht – durch seine große Gühüte – Tag und Nacht – bewacht Herz und Gemühüte – Bis hierher mich geleit' – hierher mich erfreut – bis hierher mir gehoholfen.

Großmutters Stimme stieg entschlossen die Stufen zum -*holfen* hinab, die Töchter ächzten hinterher, lachend kamen sie zusam-

men unten an, und doch war es feierlich, Gott war vielleicht in der Nähe, als Helfer und Geburtstagsgast. Am Frühstückstisch fand der Gefeierte um seine Brotscheibe einen Kranz aus Efeu und wildem Wein, der am Haus wuchs und gestohlen war, und stieß einen gerührten Ruf der Überraschung aus.
Einmal hörte ich Stimmen mitten in der Nacht. Sie kamen aus der Dunkelheit, alle gleichzeitig. Sie prallten aufeinander, umkreisten einen Tisch, auf dem das Brot lag, das allen gehörte, sie stachen und schnitten, fuhren gegeneinander los, um den Schuldigen zu durchbohren, denn eine Scheibe fehlte am Brot, wie die Kerbe bewies. Großvater, tobten die Stimmen, auch Großvater habe kein Recht.
Aber er..., hatte Donie gesagt.
Ich hatte aus der Ferne, in schwarzen Nachtlaken, alles gehört, ohne zu begreifen, warum sie schrien und wozu sie vorher gebetet hatten. Das war lange her, Großvater war gestorben, ich hatte es vergessen.

»Ein Wunderkind.«
Ihre Altersstimme. Nur noch manchmal war der Sopran zu erkennen. Kaum hörbar das Sächsische, aber doch stärker als früher. Ihre Stimme lehnte sich an mich, ein bißchen spöttisch, anders als in den Jahren, als sie steil hinaufstieg wie den Gradsteg in der Lößnitz; anders als in der Zeit, da sie scharf und verletzend war. Wir standen auf der Wiese in meinem Garten, in dem sie mir ein neues Tulpenbeet angelegt hatte. Ich hatte sie noch einmal überredet, die anstrengende Reise zu mir nach Italien zu machen, weil es mich beruhigte, sie bei mir zu haben. Wir sahen einem kleinen Mädchen zu, das über die Wiese stolperte, unter den Augen der Eltern, die jeden Schritt bewunderten... Du warst auch ein Wunderkind, brummte sie und stützte sich auf meinen Arm. Sie sah ihr Kind, den Lockenengel, der Schrittchen machte und die ersten Wörter sprach, ich fühlte, wie ein Entzücken sie

lächeln machte – aber schon war es ein Lächeln über sich, über uns: ach, was für ein Wunderkind, ihr altgewordenes Kind, was für eine Königin!
Das Kind wußte nicht, daß es ein Wunderkind gewesen war. Es wußte nichts von früher. Eine bunte Blechschachtel mit den Kleidern des Bären Gerdalein erinnerte es daran, daß es von irgendwoher unterwegs war.
Der Schulweg sei einfach, sagten sie. Man brauchte nur die Allee-Straße bergwärts zu gehen, dann nach rechts, immer geradeaus.
Vor dem Schulanfang hatte sie in der Nacht gebacken, Mehl, Zucker, Fett in letzter Minute aufgetrieben. *Auftreiben*, sagten die Frauen, *Fett*. Die Schultüte war schwer, auch wenn die Spitze mit Papier ausgestopft war, es war überhaupt die größte Tüte von allen. Aber als die Anfänger am ersten Tag aus der Schule gerannt kamen und auf die Großen zuliefen, die sich hinter raschelndem Papier und Schleifen versteckten, sah das Kind, daß seine Eltern, die ein wenig abseits standen, nichts in den Händen hielten. Die Schultüte lag zu Haus, schräg in einen Korbstuhl gelehnt, eben weil sie so groß war, mit den vielen selbstgebackenen Keksen darin. Das Kind nahm die Riesentüte in die Arme, es mußte sie umarmen und angestrengt festhalten, so schwer war sie. Voll runder kleiner Monde. Schwer und zu spät.

Aus einem Kessel wurde Suppe geschöpft. In der Mitte der Schule, in der Mitte der Stunden. Die Schüler sollten ein Gefäß mitbringen, das Kind hatte einen Becher. Die Suppe fiel in den Becher, der Boden fiel aus dem Becher, in der Mitte der Schule fiel dem Kind die heiße Suppe vor die Füße.
Im neuen Buch sprangen Wörter einer blöden Sprache über die Seiten: LI NA O MA SAU SEN. Sie klang nach was und sagte doch nichts, kein Wort von dem, was Bücher sonst erzählten. Das Kind schrieb auf seine Schiefertafel, die einen Sprung hatte: LI NA O MA SAU SEN, wieder und wieder untereinander, von oben bis unten. Eine Laterne war schwarz ins Lesebuch gemalt,

mit roten Lichtkreisen, Kinder mit schwarzen Haaren, schwarz umgrenzten Gesichtern, schwarzem Grinsen und zwei roten runden Flecken darüber. Ein Haus stand schief, greulich, schwarz umrandet, mit schwarzen Fenstern, roten Wänden. Ein schwarzer Hund. Gedruckt mit Lizenz der sowjetischen Besatzungsmacht.

Der Heimweg war einfach, genau wie der Hinweg. Die gerade Straße blieb immer auf derselben Höhe, dann kam die Allee-Straße, bergab-bergauf. Aber viele Querstraßen führten bergab-bergauf, ihre Bäume nickten, ihre Häuser hatten Zäune und Veranden, Vorgärten, Büsche. Das Haus von Großmutter war verschwunden.

Das Kind lief die erste Allee auf und ab, es ging schneller, es ging durch eine zweite Straße und durch noch eine, aber das Haus war nicht mehr da, die Allee war weg, verloren der Zaun, das hohe Gittertor, das Schild von Ruth Mühlmann, Pianistin, Großmutters Veranda, das Kind stand an einer viel zu breiten Straße, und plötzlich kam eine Straßenbahn, die noch nie dort langgefahren war; es war ein dummes Kind, das nicht mehr wußte, wo es zu Hause war, das schluchzend an einem fremden Zaun stehenblieb, das nicht mehr aufhören konnte zu schluchzen, es war schon ganz blind vom Suchen und vom Schluchzen, bis es jemand an die Hand nahm. Die Allee-Straße war eine Ecke weiter, was für ein dummes Kind, sagten alle.

Morgens bekam das Kind zwei Zöpfe geflochten, oben auf dem Kopf wurde das Haar in eine doppelte Rolle gelegt, so wurde es ein Schulkind. Nach dem Sitzen, den kleinen Pausen, der großen Suppenpause, nach all dem Schreiben und Halbwörtchenlesen rannte es beim letzten Klingeln, im aufquellenden Geschrei, auf die Straße. Vor der Schultür suchte es im Gedränge nach dem Mädchen. Es war nicht zu übersehen, hochgewachsen, mit dem weichen, buschigen Haar, das wie Kastanien glänzte. Das Zopfkind versuchte, die Braungelockte einzuholen und ihren langen, leichten Schritt nachzuahmen.

Einmal gingen sie plötzlich nebeneinander. Die andere war größer, sie war fast so groß wie die Zäune, an denen sie dahinschlenderte, nichts war schwer für sie, ihre Stimme klang weich, unter der Haarwolke leuchtete das Gesicht blaß, beinah weiß. Dann blieb sie stehen und sagte: Aufwiedersehn, du. Das Zopfkind stand noch eine Weile vor ihrem Gartentor.

Danach war die Schöne nie mehr allein, immer umschloß sie ein Kreis von Mädchen; das Zopfkind folgte ihnen, ein bitterer kleiner Abstand trennte sie, die Ranzenreihe hüpfte, die Schiefertafeln klapperten, spöttisch baumelten die Schwämme. Die Mädchen blieben ineinander verschränkt, ihre Stimmen, ihre Arme; sie, unerreichbar, in der Mitte. Hatte sie alles vergessen, den Heimweg, den Gruß, der ein Versprechen war? Sie bemerkte die einsame Beobachterin nicht, die ihr finster folgte, mit ihren Zöpfchen, dem kleinen Topf, der am Ranzen hing. Es geschah, weil das Zopfkind früher als sonst aus der Schule gekommen war. Allein stand es hinter einer Straßenecke; es wartete. Mit dem Ranzen preßte es sich an den Zaun der Querstraße, als die braunhaarige Verräterin vorbeikam, sorglos, umgeben von Stimmen und Lachen; dann schnellte es los, genau auf sie zu.

Die Eltern der Schönen brachten es nach Haus. Alle standen um das Kind herum, hoch ragten sie auf und betrachteten es voll Abscheu. Es hielt in der zusammengekrampften Hand noch immer das wolkige Büschel aus zartem braunem Haar.

Seitlich am Haus, wo dichtes Gebüsch stand, war es kühl und schattig. Beinahe unsichtbar zwischen den Büschen führte eine Treppe zu einer Veranda, von deren Türrahmen die Farbe abgesplittert war und als weißgraue Streu auf den moosüberwachsenen Steinstufen lag. Alles war verschlossen, die Fenster zugehängt. Kein Rufen drang dorthin. Das Kind schob die Büsche beiseite, und während es hinaufstieg, zischelte es denen dort oben, in der Wohnung voller Stimmen, etwas zu. Ihr... ihr alle... Es wußte, es brauchte jetzt nur aufhören zu atmen, mehr mußte es nicht tun; es genügte, dann konnte man sterben.

4   Etwas Geballtes, Festes und zugleich Bewegliches, ein leises Knirschen, ein Aneinanderreiben: erst da erinnerte ich mich.
Eine Handvoll Nüsse war übriggeblieben, der Beutel hing vergessen zwischen den Geschirrtüchern in meiner Küche. Viel zu schnell hatte ich sie immer in mich hineingefressen, die schönen weißen Nüsse, die sie für mich gesammelt und gewaschen hatte, viel zu schnell, sagte sie –
damals, als ich an ihrem Tisch saß, um ihren Erzählungen zuzuhören, und sie das mit Nüssen gefüllte Glas vor mich hinstellte und gleich wieder ein Stückchen wegrückte, denn das Knacken störte sie, es erschien ihr als Unaufmerksamkeit ihren Erinnerungen gegenüber.
Eine Handvoll Nüsse war noch übrig im Januar, in dem sie siebenundachtzig geworden wäre. Rika kam zu Besuch. Mein Neffe Andreas wurde Vater; Jenni brachte eine kleine Rotschopfige zur Welt, die Victoria genannt wurde. Und Elke rief an, aus Berlin. Ihre Stimme klang rauchig und rauh. Gehetzt und geschäftig wie das zusammengeleimte windige Berlin, wie sein herbes Grau. Aber Berlin sei weiß in diesem Januar, rief Elke mir über die Alpen zu, Schnee-weiß, für einen Tag! Elke wollte mir sagen, daß der Köpenicker Weihnachtskaktus bei ihr zu Hause in Oberschöneweide aufgeblüht sei.
Immer, wenn ich früher zu Weihnachten nach Hause kam, hatte sie mich gleich, im ersten Begrüßungs- und Redeschwall nach all dem Warten auf mich, an ihr Blumenfenster geführt, wo die Kakteen ihre Knospen dicht und prall über den Topfrand streckten und bereit waren, sich zu öffnen. Und dann waren wir ums Haus gegangen, um die Pracht auch von draußen zu sehen und um anschließend die Bäume und Büsche zu mustern. Die Rose, den Nußbaum, die Spillen, den Flieder.
Der Nußbaum vorm Haus war in den Jahren nach meinem Weggang groß geworden, er gedieh trotz aller Mißhandlungen durch Kohlen- und Müllautos, durch die Putzfrauen der Volkssolidarität, die ihre Aufwischeimer vor ihm ausschütteten, und

die genossenschaftlichen Zaunbauer, gegen die sie ihn wütend verteidigte. Als wir einzogen, gab es ihn noch nicht. Vorm Haus standen zwei junge Spillenbäume, die im Frühling süßbitter dufteten und im Herbst kleine gelbe Früchte trugen. Erst nach einigen Jahren wuchs zwischen ihnen langsam und unbemerkt ein Nußbäumchen.
Ich ließ den Beutel zwischen den Küchentüchern hängen. Sollen sie noch ein bißchen bleiben, dachte ich, ein Rest Heimat. – Heimat? Das heimelnd heimtückische Wort hatte mich überlistet. Aus einer Berliner Stimme, aus ein paar vergessenen Nüssen schlich es sich im Wassermannmonat in meine Mailänder Küche. Man erkannte sie, wenn nur noch eine Handvoll übrig war; wenn man sie verließ. Wie damals, im Schlafwagen, mit dem Korb, dem Dreimonatsschwesterchen, als die Weinende es wußte: Nie, nie mehr...
Mit langsamen Schritten ging sie durch die Zimmer und trug die gewaschenen Nüsse auf einem Tablett von einem Sonnenfleck zum anderen, von der Morgen- in die Mittagssonne, auch dazu brauchte sie die Wohnung.
Ich saß im großen Zimmer. Plötzlich roch ich eine brenzlige Süße, und ich wußte, sie stand in der Küche. Wir hatten die Spillenbäumchen geschüttelt und die kleinen gelben Früchte aufgesammelt, sie rührte die langsam zerkochenden Spillen in der gußeisernen Schüssel, bis aus dem Gelb Dunkelrot wurde, eine schwere, klebrige Masse. Überall reihten sich Marmeladengläser, die mit kochendem Wasser ausgespült werden mußten, Zellophan, Deckel, Etiketten, sie war nervös und duldete niemanden um sich, bis die Marmelade in die Gläser gefüllt, die Schildchen aufgeklebt und beschriftet waren, damit ich sie mitnehmen konnte.
Dann kam sie herein, durchquerte langsam das Zimmer, sie trug das große Tablett voller Nüsse, die sich mit leisem Tocken berührten, sie sah mich an mit ihrem strengen Blick, der sagte: Die sind für dich. Aber nicht jetzt.

Es war Januar, ich stand in Mailand in der Küche. Ich saß im großen Zimmer, im zerfallenden Haus mit dem Nußbaum, den Spillenbäumen. Es blieb ein leises Geräusch, wie wenn sich Nüsse aneinander rieben.

Ein Kind ging durchs Zimmer.
Ich saß auf Tante Suses Sofa und suchte im Sächsischen Gesangbuch den Choral, den ich morgens im Radio gehört hatte.
O Herr, durch dein Kraft uns bereit/und stärk des Fleisches Blödigkeit/daß wir hier ritterlich ringen/durch Tod und Leben zu dir dringen/Hallelujah.
Mir gefiel das *ritterlich ringen*, ich las die Verse laut, als müßte ich ihr Mut machen.
Sie schüttelte den Kopf. Sie war müde von einer schlaflosen Nacht, sie hatte im Sessel gesessen, mit endlosen Hustenanfällen. Sie brauchte keinen Zuspruch aus dem Gesangbuch. Für mich las ich den Vers, ich begriff es: mir machte ich Mut. Wie gern hätte ich das gekonnt, dieses: *ritterlich ringen*. Ich sah sie an. Sie war erschöpft.
Das Kind ging durchs Zimmer.
Es kam wie ein Schatten, wie das Spiegelbild eines Baums auf der Fensterscheibe – war es unser Köpenicker Fenster oder ein Pfarrhausfenster? – wie ein Reflex von Blättern im Wind, es mußte einer der Apfelbäume aus dem Pfarrgarten sein, der Klarapfel oder der Cox Orange, oder der Boskoop, oder die Goldparmäne, eine von den guten Apfelsorten mit tiefliegender Blüte. Ich sah es schwarz-weiß, leicht vergilbt; ein liebes, stilles Lächeln. Sie aber lächelte es, sie schmeckte die Herbsüße der Äpfel, die vielen Apfelsorten des Pfarrgartens.
Ein sanftes und wildes Kind. Es hatte ein Kleid aus braunem Cordsamt an, mit zwei großen Taschen auf dem Rock. Die hatte Mama draufgesetzt, um es zu verschönern, dieses Kleid aus dem traurigen braunen Cord, von dem sie einen ganzen Ballen ge-

nommen hatte. Eine gute Gelegenheit, wie sie auf dem Dorf daherkommt in Gestalt eines Stoffhändlers, gerade als Donie ihre ganze Apfelernte aus dem Pfarrgarten vom Baum weg an einen Obsthändler verkauft hatte. Sie nähte Anzüge für Ludwig und Ernst. Theo mochte den Rippencord nicht, und so bekam Lotte ein Kleid – mit zwei Taschen und einem breiten Kragen, weil das Braun so trüb aussah. In den Kragen steckten die Jungen aus dem Gymnasium, auf das Lotte als einziges Mädchen ging, eine ganze Tüte Maikäfer. Lotte schrie – noch immer hörte sie sich schreien, das schreckliche Gefühl der klebrigen kratzenden Bewegungen in ihrem Nacken war gleichzeitig da mit der Farbe des Stoffs und dem Bild der nähenden Mutter, ein braunes Schreckensgefühl.

Donie und Theo führten Tagebuch. Geburt, Taufe, die ersten Zähnchen, das erste Lächeln, die ersten Schritte: Die Seiten trugen schon die gedruckten Titel der Lebensabschnitte in schöner Fraktur, und doch war es liebevolle Mühe, bei all dem Gerangel und Gedrängel, Kirche und Pfarrhaus, Kindern, Predigten, Pfarrgarten, Taufen, Begräbnissen. Die Kleine war brav und blond, sie erhielt die Namen Marie Sophie Charlotte. Sie wuchs, sagte *Mama*, sie malte und stickte, sie saß in einem Zug, und sagte, des Verbots eingedenk, mit heller Stimme: Mama, über die Frau mit dem großen Zahn sprechen wir später zu Hause? Sie war dünn und sprach nach einem artig gegessenen Abendbrot: Schau, ein Bein ist schon dicker geworden. Ein Wunderkind.
Ich höre ihre Stimme, im Alter tiefer geworden, heiser; immer noch spöttisch, aber anders als früher. Du warst auch ein Wunderkind, sagt sie, neben mir, sie lächelt.
Donie und Theo halten die ersten Worte fest. Auch Suse sammelt sie. Die Kleine hat Witz, die Kleine hat einen klugen Blick, erst später wird sie so schüchtern, daß sie ihre Gedanken nur noch auf schwedisch in ihre Kalenderbüchlein schreibt.
Ich höre ihre Stimme. Hinter dem Pfarrgarten, der Haselhecke locken die Wiesen bei Borna, die, während wir sie sehen, nicht

mehr sind, nur leere Halde. Die Wiesen ziehen das Kind durch eine Zaunlücke hinaus, eine Sehnsucht treibt es, ein Durst nach Veilchen und Anemonen, nach diesen kleinen Gesichtern. Szilla und Himmelschlüssel, Himmelsgeruch – gelb und blau sammelt ihn das Kind, einen ganzen Arm voll, und bringt ihn der Mama, die in der Veranda sitzt mit dem Säugling, der kleinen Marianne, und dem Korb mit der Flickwäsche, der geduldigen, sanften Mama legt das Kind die Blumen in den Schoß und weiß nun, wie das zehrende, süße Gefühl heißt: Mama, ich liebe sie, diese kleinen Gesichter, ich *liebe* sie!
Lotte läuft den Burschen und Mädeln nach, die in der Frühe aus dem Haus gegangen sind, barfuß ziehen sie aus den Gärten über die Wiesen zum Bach, Lotte muß sie einholen, folgt ihnen durchs tauige Gras, im kalten Frühlingsrosa, Vogelsang hängt am Wald, ein Kuckuck schlägt, die Burschen und Mädeln tragen Krüge, stumm gehen sie in langer Reihe dahin, Reden schadet dem Weg und dem Bach. Sie halten ihre Krüge ins blanke Wasser, sie tauchen die Hände ins Kalte und legen sie auf die Gesichter, das Kind fühlt die Glätte des Murmelns, die Macht des Heran- und Vorüberrinnenden, das Klare, das Glück des Schweigens, es taucht seinen Krug, fängt es ein, durchsichtig und doch geheimnistrüb quirlt es über die Steine, unter den Zweigen, dreht noch ein wenig im Krug. Es darf nicht verschüttet werden, darf nicht verredet werden, die Füße nässen sich im Gras, sie tragen das heilige Wasser nach Hause, es ist Ostern, die Burschen und Mädeln, das Kind, die Stille, sie sind gesegnet.

Dünn war es, das Kind, Nachkriegszeit. Der Hausarzt sagte: Eisenmangel, das klang gefährlich, wenngleich der große Bruder gleich den Witz von den alten Nägeln machte, die sie fressen sollte. Weil sie so dünn war, wurde sie in ein Land aus Milch und Grütze verschickt. In weißgestärkter Schürze lief Lotte mit Märta, Asta und Gunnel über Sommerwiesen. Nackt rannten sie ins Meer. Die Lieder sangen von weißen Lämmern, blau und

gelb grüßten die Fahnen in den Gärten, wie Himmel und Sonne über den weißen Veranden, über den roten Häuschen. Lotte sprach die singende Sprache. Komm wieder, Kind, sagten die Gasteltern, die so lieb und würdig waren, alles war Maß und Güte, war frei gewählt, war Bescheidenheit und Reichtum.
Wiederkommen: in dies schöne Zuhause, an die weißschäumende See von Visby und Öland, in die Sommerglut der Wiesen, die rauschhelle Mittsommernacht, zu Milch und Sahne, Waldbeeren, Heringen, Anchovis. Auch in einen eisig brennenden Winter kam sie, als Lotte, Asta, Märta, Gunnel, plötzlich schmal und lang aufgeschossen, selbst Heringen ähnlich waren. Glühwein erhitzte die Nachmittage nach der Hausarbeit, die Mädchen tanzten, der schüchterne Stig küßte die schüchterne Lotte, so heiß, so leidenschaftlich, daß der Schnee schmolz, der Winter verging.
An einem bläulichen Abend, auf dem Heimweg aus einer warmen Veranda, einem durchtanzten Nachmittag, liefen sie miteinander durch frostknirschenden Schnee, denselben, den sie später in Ostpreußen liebte, sie stapften glühend und stumm durch ihr Märchen, immer, immer sollte sie bleiben, bei Stig bleiben, Sachsen vergessen, Dresden, wo die Schule für Heilgymnastinnen wartete und die sparsame Pension und Mittagstafel von Fräulein von Bisché, die kleinen Dörfer um Borna mit den schlafenden Bauern bei der Sonntagspredigt des Vaters.

Als ich die Bücher für den Antiquar aussortierte, fand ich in einer ganzen Reihe die Eintragung »Meißen 1945«. Es waren alte Ausgaben, die er beim Herumreisen dort antiquarisch kaufte und aus denen die ersten Seiten mit den Siegeln, Vorworten und Heilrufen der Vorzeit sorgfältig herausgetrennt waren. »Das alte Meißen« war dagegen ein Geschenk, es trug die Widmung »Meinem lieben Neffen H. H., Tante Suse«.

Sie hieß bei allen Tante Suse, nur Großmutter Donie nannte ihre Schwester *die gute Suse*, sie hatte mitleidige Namen für alle; die verwitwete Marianne nannte sie – mit sächsischer Aussprache, die sie sonst vermied – *das arme Dier*; Ernst war *der gute Ernst*, weil er verführt worden war; Ludwig, der Älteste, der mit seiner Familie aus dem Protektorat Böhmen geflohen war, zuckerkrank und entnazifiziert in Bayern ein Stück Pachtland umgrub, hieß *der arme Ludwig*.

Tante Suse wohnte über Meißen in Türmchen und Erkern, dort war ich abgegeben worden, die Tante hatte eine bellende Stimme, ich lag im Dunkeln, ich liebte sie nicht, ich fand sie nicht gut.

Ich vergaß Tante Suse, als wir aus Radebeul wegzogen. Ich vergaß sie ganz und gar, ließ sie auf ewig in ihrem Waldschlößchen in Meißen, unter Türmchen und Erkern, in dunklen Zimmern.

In einem heißen Frühsommer Mitte der sechziger Jahre sah ich ihre letzte Wohnung. Sie hatte das Waldschlößchen verlassen müssen und war in einen Vorort von Meißen gezogen, in ein kleines zusammenbrechendes Haus. Ich fuhr dorthin, um ihrer Nichte Lotte und ihrem Neffen Ernst, den im Osten ansässigen Erben, beim Ausräumen zu helfen. Auch damals kam ein Antiquar. Er betrachtete abfällig die vielen Gedichtsammlungen mit Titeln wie »Blütenkranz« und »Reigen«, noch weniger interessierten ihn die Romane von Suses Bruder. Mit Gerhard hatte Suse alle Beziehungen abgebrochen, seit er unverheiratet mit einer Frau zusammenlebte; sie hatte das »wilde Ehe« genannt, was den Onkel gefährlich und raubtierhaft erscheinen ließ. Der Antiquar schätzte seine Werke nicht.

Lotte organisierte einen Transport und schaffte das Biedermeiersofa, sechs morsche Stühle, zwei Sesselchen, einen Karton Porzellan, blau-weiß, dritte Wahl, sowie einen Korb Bücher und Andenken aller Art nach Berlin.

Suse schneidet kalte Kartoffeln in die Suppe. Diesen Satz Donies, der Suses ganzes mißratenes Leben beschrieb, wiederholte sie mir mehrmals, als ich auf Tante Suses Biedermeiersofa saß. Es war wichtig, im Alter der Müdigkeit nicht nachzugeben und täglich frische Kartoffeln zu kochen. »Nein«, sagte sie, »nicht nur im Alter, Tante Suse hat *immer* kalte Kartoffeln ins Essen geschnitten!«

Ich höre, wie Großmutter *die gute Suse* sagt.

Unter den schüsselgroßen Hüten sahen sie einander ähnlich wie Zwillinge, ähnlich die aufgesteckten Locken, die Taillen, die selbstgenähten Volants, Rüschen, Spitzenschirme, und doch sah der junge Theologe schon beim erstenmal, als er das Haus des Archidiakonus Zeidler in Meißen betrat, nichts als Unterschiede. Die Gesichter – so gleich, mit ihren Rundungen, kleinen Nasen, von zart-dunkelblondem Haar gerahmt – waren auf den zweiten Blick nichts als Gegensatz. Bei der Älteren verrieten Stirn und Nase Klugheit und eine noch unbewußte Stärke, bei der Jüngeren zeigte sich etwas Bockig-Grantiges, die Nase stieß klein, doch bullig aus dem Schatten des Hutes, die Wangen würden bald schwer sein.

Auch die scheinbar gleich dünnen Taillen im weißen Batist bewegten sich verschieden, die der Älteren strebte ins Leichte, die der Jüngeren sackte ins Teigig-Schwere. Aber was wirklich ihre Verschiedenheit verriet, waren ihre Stimmen. Donies Sopran lief leicht auf und ab, er antwortete Theos Klavierakkorden, seiner Seele – ich erkannte dies Helle und Feste noch in Großmutters rissiger Stimme, die Höhen und Tiefen sicher erreichte und mich das Abtrocknen und den Zuckerrübendampf in der Nachmittagsküche vergessen ließ. Suses Stimme war rauh, sie klang geizig, einsiedlerisch.

Ich fand einige Postkarten von Tante Suse. Sie schrieb nur Karten – aus Sparsamkeit, aus Wortsparsamkeit, später aus Schwäche. In der unschönen, krakeligen Schrift erkannte ich ihre Stimme. Ich las zittrige Trostworte. Donie war gestorben, jenseits der Mauer, in München, im hohen Alter von vierundneunzig Jahren. Suse schrieb von der eigenen Mutter, die jung gestorben war, und wie Donie den jüngeren Geschwistern die Mutter ersetzt hatte.

In ihrer wankenden Schrift, mit den wenigen Formeln ihres eingeschränkten Worthaushalts fügte sie hinzu, daß sie am Tag von Donies Beerdigung (die in München stattfand und an der die Neunzigjährige aus gesundheitlichen Gründen nicht teilnehmen konnte und auch Lotte nicht, aus den bekannten deutschen Gründen) mit ihrem Neffen Ernst von Meißen zum Friedhof in Radebeul gefahren sei. Zur Stunde von Donies Begräbnis hätten sie dort, *an Theos Grab, ihrer gedacht.*

Niemand hatte zu ihr gesagt *Reich mir die Hand, mein Leben.* Als sie mit dem Tee in den Salon kam, war es gesprochen, das bindende Wort, die Akkorde verklungen, Donie und Theo Hand in Hand. Später dachte Suse manchmal, daß es die Schwester nicht leicht hatte: die Kinder, die großen Pfarrhäuser, die Obstgärten, die Haustiere. Theo so unpraktisch im Alltagsleben.

Nach dem Tod des Archidiakonus zog Suse mit dem Biedermeiersofa, den Klavieren, Vitrinen, Schränken, Kommoden, Stühlen und Betten in den ersten Stock einer Villa am Stadtpark und war von nun an »Tante Suse aus dem Waldschlößchen«.

Das Schlößchen adelte ihr Tantendasein. Von dort kam sie zu Besuch, dort wurde sie besucht. Sie lernte fotografieren und bannte ihre Gäste im Stadtpark vor einer Mauer aus Kunstfelsen auf die Platte. Ernst und Ludwig, die eine Zeitlang in Meißen zur Schule gingen, wohnten bei ihr, sie übte mit ihnen Englisch und Französisch, nasal und mit sächsischer Intonation.

Bis auf drei Postkartenfotos sind die Bilder des Albums von ihr fotografiert. Die erste Karte zeigt ein zweistöckiges Haus mit vorspringendem Giebelteil, auf dem ein Kreuz zu erkennen ist; es ist das Pfarrhaus in Weesenstein, das von Obstbäumen umgeben ist. Rechts, als dunkler Rahmen, der Wald. Die zweite Karte zeigt Schloß Weesenstein, auf felsiger Anhöhe, im Vordergrund dörfliche Häuser, Wiesen, ein Bach. Das dritte Bild, mit der Aufschrift »Waldschlößchen im Stadtpark«, zeigt die berühmte Villa,

ein Übereinander von Türmen, Dachhauben, Erkern, Balkons, doch so umwuchert von Bäumen und Büschen, daß der Bau wie eine Kulisse aussieht, die gleich hinter diesem Vorhang verschwinden wird.
Die anderen Aufnahmen zeigen vor allem Lotte. Lotte als Täufling im Spitzenkleid zwischen den Brüdern, Lotte auf einer Holztreppe im Garten. Lotte zwischen den Brüdern auf einem Wiesenhang, hinter ihnen Donie mit ihrem stillen kleinen Gesicht (erwartet sie das vierte, oder liegt es schon in der Wiege?) »Die wilde Lotte« hat Suse unter eine Aufnahme geschrieben, auf der die Nichte barfuß, mit einem Kittel bekleidet, eher ein Junge als ein Mädchen, der Fotografin entgegenhüpft, mit jenem Blinzeln gegen die Sonne, an dem ich sie erkenne.
»Meißen, den 29. Juli 1912«: da stehen sie vor dem Fotografiermäuerchen, Donie mit ihrem kaum sichtbaren Lächeln, Theo, schon kahl über der Stirn, was die Länge und Schmalheit seines Kopfes betont, vor ihnen die Fünfjährige, die Arme verschränkt, die Augen leicht zusammengekniffen, schüchtern und räuberisch.
Im Juli des Jahres 1912 nimmt Suse nach einem Besuch im Pfarrhaus zu Weesenstein Lotte für ein paar Tage mit nach Meißen. Donie stillt ihr viertes Kind und überläßt sie ihr gern. Suse nimmt sich vor, streng mit der kleinen Wilden zu sein, aber als Donie und Theo kommen, um das Kind abzuholen, was Suse eben an jenem 29. Juli auf dem Foto festhält, geschieht etwas Erstaunliches: Lotte sträubt sich gegen die Heimreise, sie will bleiben!
Und so dauert dieser Sommer, hell und warm dehnt und räkelt er sich bis in den September. Alles, was Suse und Lotte erleben, wird wunderbar und denkwürdig: die Besuche bei den Nachbarinnen, das Kirschenholen, ein Platzregen, eine Fahrt mit der »Elektrischen«. Die Tage sind vom Morgen bis zum Abend angefüllt von einem Zwitschern und Singen. Der Witz der kleinen Geschwätzigen gewinnt die Milchfrau; sie umgarnt die Gemüsehändlerin; sie glüht vor Freude bei der Putzmacherin über einen

alten Hut, den die Tante mit den Blumen von Donies abgelegtem Ballkeid hat schmücken lassen. Bitte, liebe Tante Suse, sagt die Fee unter ihrem Rosenhut, und die Tante behält es für ihr langes Leben, bleibe immer meine liebe Tante, werde nie ein Fräulein.
Als Suse sich niedersetzt, um ihre Erinnerungen aufzuschreiben, sind neun Jahre vergangen. Lotte ist lang aufgeschossen und so dünn, daß man sie nach Schweden geschickt hat. Suse versorgt Pensionäre im Waldschlößchen. Ach, nichts ist vergessen. Sie faltet sparsames Papier, heftet es zusammen. Einige Seiten erhalten Schlitze, zum Einstecken der Fotos. Auch ein paar Blätter mit Krakeleien hat sie aufgehoben: »Briefe nach Haus«.
Und die erste Handarbeit, ein rosa Faden, zu einem Stern-Rad in Papier gestickt. Suse schreibt, Seite um Seite, sie erinnert sich an all die wunderbaren, zauberhaften Sätze, die unvergeßlichen Wege zu zweit, die zwitschernde Stimme überall, im Waldschlößchen, im Park, auf dem Friedhof. Das tut der Großmutter weh, wenn du deinen Schirm auf ihr Grab legst. Meine liebe Lotte! Ehe Du zur Schule gingst, warst Du oft und gern zu Besuch im Waldschlößchen und wurdest der besondere Liebling Deiner Tante, und da Du Dich gewiß selbst nicht mehr so genau an diese Zeit erinnern kannst, so will ich Dir einiges von Deinem ersten längeren Aufenthalt in Meißen vom 17. Juli bis zum 12. September 1912, als Du fünf Jahre alt warst, erzählen…

Der ferne Sommer füllt viele Seiten, eng beschrieben. Am 18. August sahen wir zum erstenmal ein Zeppelin-Luftschiff, die »Victoria-Louise«, über Meißen fliegen, wir konnten es ganz nahe von unserem Balkon aus betrachten. Du meintest, es sähe aus wie ein Fisch, und bekamst Angst, als Du das brummende Geräusch hörtest. Es war aber ein unvergeßlicher, herrlicher Anblick, dieses Kunstwerk von Menschenhand so hoch am klaren, blauen Himmel – welch stolzes Gefühl empfand man damals als Deutsche! Wie sind alle diese stolzen Hoffnungen in nichts zerfallen! Einige Tage später fuhr der Kaiser in seinem Hofzug am

Waldschlößchen vorüber. Wir jubelten und winkten und bildeten uns ein, wir hätten den Kaiser selbst am Fenster gesehen!
Am 11. September war große Manöver-Schlacht in Meißen. Eine Schiffsbrücke war neben der Eisenbahnbrücke gebaut worden, und ein dreistündiger Truppenzug marschierte darüber. Wie hat man das damals alles angestaunt! Das Zeppelin-Luftschiff flog wieder über Meißen und außerdem ein Geschwader von ungefähr 60 Flugmaschinen, die ersten, die wir im Leben sahen. Aber dieses Kriegsspiel gefiel Dir nicht, Du sagtest: Ich möchte wissen, wie viele Schachteln Zündplätzchen die heute verbrauchen!
– Du aber wirst daheim wieder selig gewesen sein über Eltern und Geschwister und alle so lang entbehrten Schätze. Noch manches könnte ich Dir erzählen, meine liebste Lotte, aber möchten Dir diese wenigen Aufzeichnungen eine kleine Erinnerung sein –
Der Deckel des Albums, ein lila-graues, grobgefasertes Papier, mit einer schwarzen Schleife verziert, hat sich von dem gegengeklebten weißen Innenblatt gelöst. Die sparsame Suse hat für die Deckel den Umschlag eines Verlagskatalogs verwendet, die Nachkriegszeiten waren arm genug. Umgekehrt lesbar kehrt das Angebot der Stuttgarter Evangelischen Gesellschaft ans Licht zurück. Erhältlich in allen Buchhandlungen: ein »Kriegsbetbüchlein für Haus und Familie«, broschiert 15 Pf., ein »Kriegsbetbüchlein für Soldaten im Feld«, broschiert 15 Pf., ein »Trostbüchlein für die Trauer um die fürs Vaterland Gefallenen«, fein broschiert, 20 Pf.
– eine kleine Erinnerung sein an das Waldschlößchen und an Deine Tante Suse – Meißen im März 1921.

5   Es war Frühling geworden. Es wurde Zeit, daß ich nach dem Garten sah, ich war den ganzen Winter nicht draußen gewesen. Auf den Gipfeln, die vom Comer See herübersahen, glitzerte der letzte Schnee. Die Beete lagen gelbgrün verkrautet in der kalten Voralpensonne. Zwischen Strünken und Gestrüpp leuchteten die Tulpen, die sie mir gesteckt hatte, auf dem Lehmboden kniend, den sie so gut kannte.
Drei rote, drei gelbe, drei weiße, immer drei.
»Tulpen wollen die Glocken läuten hören.«

Er saß ihr gegenüber, während sie mir von ihm erzählte. Sie hatten vor kurzem geheiratet, sie wartete in Cranz mit dem Abendbrot auf ihn. Frische Flundern hatte sie ihm gebraten, grad bei den Fischerfrauen gekauft, aber er kam viel später aus seinem Königsberger Büro, als er versprochen hatte. Der Fisch war nicht mehr rösch, sie sagte nichts, sie ließ ihn den schlappen Fisch essen, saß ihm einfach gegenüber am gedeckten Tisch, schaute zu, wie er aß, lächelte.
Wir saßen uns gegenüber, sie auf ihrem Stuhl, ich auf Tante Suses Sofa. Sie lächelte.
Nein, sagte sie plötzlich, die hellen blauen Augen aus der Ferne auf mich richtend: es war eine elende Zeit. Einmal, als er abends aus Königsberg nach Hause kam, erzählte er mir, er habe den Anwalt M. getroffen. Aber war M. denn nicht längst im Ausland, wie unsere anderen Freunde? M. hatte auf der Straße vor ihm gestanden, in schlotternder Jacke, einen Besen in der Hand. Mein Gott, M., wie gehts Ihnen, hatte er gesagt, auf den Anwalt zugehend. M. hatte leise vor sich hingesprochen, den Kopf schräg geneigt. Es ist besser, Sie gehen weiter – und grüßen Sie... Er hatte sich abgewandt, fegend, sich auf den Besen stützend.

Die hohe Mahagonikommode kauften sie alt in Radebeul; seit sie im Berliner Wohnzimmer stand, hatten ihre sechs Schubfächer eine eigene, unveränderliche Geographie. In der Mitte waren die Laden mit den Nachthemden und den Wollresten, darunter lagen die Strümpfe, oben die neuen Stoffe; in diesen vier suchte sie manchmal etwas in meiner Anwesenheit.

Die Stoffe betrachteten wir hin und wieder gemeinsam. Sie holte sie nacheinander heraus, wir breiteten sie aus, die guten Weststoffe und die anderen, die geschenkten, die auf Vorrat gekauften, wir besprachen, was man daraus machen könnte, als wäre dies unsere Absicht, obwohl ich wußte, daß am Ende alles wieder in der Kommode verschwinden würde. Die anderen beiden Laden, die oberste und die unterste, öffnete sie nie in meiner Gegenwart. In der untersten fand ich Kindersachen. Röckchen, Kleider Blusen aus den Paketen ihrer schwedischen Freundinnen, ich erkannte sie wieder, aus Hallenser Jahren tauchten Muster auf, geliebte, abgenutzte Farben, Kragen, Borten, Litzen, immer wieder verlängerte Säume, und mit ihnen ein Gefühl der Stärkung, das mich immer beim Auspacken der Pakete aus Schweden erfüllt hatte.

In der obersten Schublade lagen ihre und seine Briefe. Sie waren nicht wie die Hunderte Briefe von Bekannten und Verwandten gebündelt, sondern nach Jahren in Mappen geordnet, die den Abschnitten ihres Lebens entsprachen. Nur in der Mappe mit seinen letzten Briefen herrschte eine gewisse Unordnung, eine Art Zerstreutheit oder Gleichgültigkeit; viele seiner kurzen Botschaften waren nicht mehr datiert.

Nie hatte sie diese Schublade vor mir geöffnet. Sie vermied es auch unter irgendeinem Vorwand, als ich sie ein einziges Mal bat, mir eines der Notizbücher meines Vaters zu zeigen. Sie habe alles geordnet, sagte sie. Nur eine Mappe mit Briefen habe sie verbrannt, die Briefe des Bildhauers. Es war V., an dem vorbei, an dessen herrlichen Augen vorbei, die mich schön machten, ich durch ihr Schlaf-Wohn-Eßzimmer gegangen war, nackt, wie ich es gewohnt war, und doch in einer plötzlich veränderten Nacktheit – er hatte ihr geschrieben?

Oft. Lange Briefe. Damals, als er zu den Übernachtern gehörte, die uns und Westberlin besuchten, in der Vormauerzeit. Dann war er in den Westen gegangen.
Ich habe alle noch mal gelesen, dann habe ich sie verbrannt.
Alles andere lag da, aufgehoben. Ich wußte: für mich. Für jenes Später, an das ich nie hatte denken wollen.
Ich blätterte zitternd, ich erkannte das Unbekannte und das Gewußte. Ich las ihr langes Gespräch, das mit leidenschaftlich fordernden Liebesbriefen des Architekten an die junge Heilgymnastin begann und bis zu einer marternden Trennung dauerte – und dann weiter in kurzen, undatierten Grüßen bis zu seinem Tod, bis zu jenem letzten kurzen Brief: »Ich kann im Dunkeln nicht mehr Auto fahren ...«
In der Mappe vom August und September 1944, als sie einander täglich schrieben, sie aus Radebeul, er aus Cranz, lag obenauf ein kleines Ölbild, auf Preßpappe gemalt. Ein mageres Spiegelgesicht blickte mich an. Der Maler vom Steilufer, der Spaziergänger neben mir im Garten, unter den Wipfeln des Rittersporns. Die Züge erschienen vom Spiegel verfremdet, seltsam verzerrt, obwohl, für sich genommen, alle Details genau waren: der schöne Mund, die leicht hervortretenden Wangenknochen, die feste, runde Form des Schädels. Der funkelnde Blick war nicht mehr heiter. Das Bild trug eine Widmung: *Für Calle – in schweren Zeiten – in Liebe – H.*

Ein Sommer spiegelt einen andern. Ein Kriegssommer spiegelt einen andern. Lichtblau und Sonnenglut. Wolkenloser Himmel, Tag und Nacht.
In meinem italienischen Garten flammendes Blühen. Sonnenblumen, Phlox, Ruthbeckia, Sonnenauge; Samen und Pflanzen, die sie mitbrachte, bei jedem Besuch, aus ihrem Berliner Garten.
Die Nachbarn haben eine junge Frau aufgenommen, die ihnen im Haushalt hilft. Maja hat ein rotbackiges Kind, das Leben und Geschrei ins Haus gebracht hat und gerade die ersten Worte

spricht. Italienisch und bosnisch. Vom Vater des Kindes, einem Serben, hat Maja keine Nachrichten mehr. Vor ein paar Tagen ist ihre Mutter angekommen, Maja weint vor Erleichterung. Die Mutter weint nicht. Sie hat zwei Jahre im Keller verbracht, in Mostar. Sie ist stumm, aufgedunsen, sie hat sich fast nur von Bohnen ernährt. Sie drückt ihren rotbackigen Enkel an sich. Ihr Sohn, Majas Bruder, ist von Heckenschützen erschossen worden.

Lichtblau und Sonnenglut. Den ganzen Sommer lang wolkenloser Himmel, Tag und Nacht.
Bei Sonnenaufgang saß sie in der Veranda und schrieb. Neben ihr lag die Kleine in der Wiege, in der sie selbst und ihre drei Geschwister gelegen hatten. Das Rotschöpfchen hatte die Brust bekommen und schlief.
1944, heute vor fünfzig Jahren.
Sie schrieb. Inmitten einer entsetzlichen, unermeßlichen Leere, mit ihrem unbegreiflichen Schmerz, den sie heruntergewürgt hatte und wie einen Stein in sich spürte (eine Stillende darf nicht weinen!) saß sie auf dem Bettrand und schrieb. Hastige, kurze Sätze.
Radebeul, am 2. August.
Mein lieber Hasse, nun sind wir so unendlich weit von einander gerissen. Die Nachtreise war gut/C. oben, Baby und ich unten. Der Schlafwagenschaffner war betrunken und weckte uns schon um 5; um 6 langten wir in Posen an./Der Zug war nachts dauernd stehengeblieben. Um 9 waren wir in Cottbus, stiegen um nach Senftenberg von da nach Dresden Hbf., dort habe ich Baby in der U.S.V. gewickelt, um 4 gings weiter. Überall große Hitze, aber die Kinder waren lieb./Marianne stand an der Bahn/*Brief folgt – Dein Carl.*
Es war still, alles schien ruhig, als sei ihr diese Frist gegeben, um das große Zerreißen, das Zerbrechen und Zertrümmern, das nun kommen mußte, zu erwarten.

Sie saß im Unterhemd auf dem Bettrand. Es war heiß, schon am frühen Morgen, sie war müde, das Kind saugte sie aus, sie schloß die Augen. *Die Kinder sind munter, sie merken nicht, was uns geschieht.* In der Aufregung des Aufbruchs hatte sie vergessen, ihm seine Lebensmittelmarken zu geben, erst im Zug war es ihr eingefallen. Jeder Gedanke tat weh, jeder Gedanke an ihn, an das Haus, den Garten, das Rauschen der See. Die Stachelbeeren würden reif werden, Möhren und rote Rüben wuchsen weiter dort oben im Garten, viele unsinnige Gedanken schweiften durch die Leere, sie hatte es doch gut, sie war bei ihren Eltern, sie hatte die Veranda für sich und das Baby. In der ersten Nacht, die hell und warm ihren Glaskasten umfing, hatte sie auf ihrem alten Jugendbett gelegen, schlaflos, sie hatte das Meer gehört, unten am Steilufer, aber draußen rollten Züge, metallen dröhnten sie durch die Dunkelheit. Bei der Ankunft hab ich ein paar Tröpfchen Blut verloren. Und die Koffer waren noch nicht da, sie hatte nur das Blumenkleid, das sie auf der Reise getragen hatte. *Aber vielleicht können wir bald zurück? Ich denke an Dich Tag und Nacht.*

Die Sonne stieg in den weißen Himmel, wieder kündigte sich ein heißer Tag an. Sie saß auf dem Bettrand in der Veranda. Das Rotschöpfchen hatte die Brust bekommen, die Große war im Schlafzimmer der Großeltern untergebracht, sie schien glücklich über dies neue Leben, über die Kinder, mit denen sie spielte.
Mein Geliebter. Gestern ist Dein Bild angekommen, das Selbstporträt – welche Überraschung! Auch wenn Dus nicht ganz bist: so ernst, so streng, so schmal.

Wie ein Hohn das Sonnengelächter. Der Sommer brannte sein großes Feuer, die Frontberichte schwiegen, für sechs Leute war zu kochen, Gemüse kaum zu bekommen, ein Eimer Falläpfel vom Nazihauswirt gegen Brotmarken, fürs Massieren der Nachbarin 50 Bogen Briefpapier...

Ich sitze hier in meinem Glaskasten, und mir ist, als sei ich auf eine Bühne geraten und spielte in einem Stück mit, das ich nicht kenne und von dessen Ausgang ich nichts weiß.
Sie sah ihn im Haus an der See, sah ihn auf der Baustelle am Königsberger Hafen, sie dachte an ihn bei Alarm, wenn im Radio »feindliche Flieger in Richtung Osten« gemeldet wurden, sie sah ihn am Sonntagmorgen, wie er seinen kleinen Rausch ausschlief, an den Strand ging, sein Morgenbad nahm, sich im Haus Frühstück machte, wie er Kisten packte, abends den alten Nachbarn Seliger besuchte oder Paulchen Preuß, bei dem er einen Schnaps bekam, sie sah den Weg, die Strandpromenade, das Ufer. Genießt Du das Alleinsein? Sie hatte nicht geschlafen, ein Wetterleuchten hatte die ganze Nacht am Himmel gespielt. Sie hatte an ihn gedacht, während ihr Glaskasten allein, losgerissen, ins Schwarze schwamm.
Mein Geliebter, werden wir je wieder ein gemeinsames Leben finden? Was war das für eine Angst?

Die kleine Rote war nun fünf Monate alt, sie lag im Kinderwagen, das machte den Transport in den Keller leichter, der immer häufiger nötig wurde. Die Große war ganz unleidlich geworden, sie weinte, bockte, machte ins Bett...
Am Nachmittag waren die Frauen, die Kinder und das alte Elternpaar bis auf die Höhen der Lößnitz gestiegen. Die Kinder hatten unter den Bäumen getollt. Sie hatte über die Elblandschaft geblickt, die so friedlich im weichen Herbstlicht lag; sanft, zärtlich, sehnsüchtig war der September, der Hochzeitsmonat; unwirklich. Leben war unwirklich, Leben hieß nun, auf den Tag der Vernichtung warten; hinter den Ufern und Höhen ahnte sie Trümmer und Rauch.
In der Nacht, als Königsberg heimgesucht, als ihm heimgezahlt wurde, in dieser Nacht hatte sie geträumt, sie kniee unter heranfliegenden Bombern auf der Erde und pflanze Johannisbeerbüsche um; sie wußte, daß es ein fremder Garten war; vor ihr stand

ihr alter Lehrer und gab ihr Aufgaben, die sie nicht lösen konnte. Sie schrieb: *Es wird uns alle treffen.* Und wie jede Seherin war sie blind für die eigene Prophezeiung.

Die Kinder schliefen. Sie hielt Wache, weil Mutter und Schwester zum Bahnhof gefahren waren, um Ludwig noch einmal zu sehen, der mit seiner Familie nach Prag ging. Am Vortag hatte er die Eltern in der Horst-Wessel-Allee besucht. *Ich habe mich bemüht, alles zu vermeiden, was zu einer Auseinandersetzung führen konnte.* Nun, in der einsamen Nacht, hörte sie wieder die Ankündigung im Radio: feindliche Kampfverbände mit Kurs Osten über Dänemark. Sie wagte nicht mehr zu fragen, ob man ihn weglassen würde.

Nachts war es schon kalt. Sie holte ihre Steppdecke und ein Überschlaglaken aus der Kiste, die endlich angekommen war. Sie lag auf ihrem alten Jugendbett. Um den Glaskasten standen die Sterne. Während sie langsam das Laken über das Gesicht zog, erkannte sie in dem kühlen Stoff den Geruch des Windes, der von der Ostsee kam.

Zwischen seinen Briefen die Notstandsausgabe, gelb zerbröckelt. Er zitierte sie nicht, er mischte die Zeitungsworte nicht mit seinen Briefworten. Diese Sprache hatten sie nie gesprochen. Sie würde verstehen, die Zerstörung erkennen, sie würde die Stadtviertel, die ausgelöscht waren, aus den Bekanntmachungen und Aufrufen, aus den Rache- und Triumphreden herauslesen. *Preußische Zeitung mit Königsberger Tageblatt, 1. September 1944.* Der Gauleiter an die Königsberger. Im Namen des Führers Dank und Anerkennung Der Feind beabsichtigt uns mit seinem Mordterror mürbe zu machen An den Grenzen unserer Heimatprovinz dem bolschewistischen Feind standhalten Untergang oder glückliche Zukunft Der Sieg wird uns für alles entschädigen Nie ein Zeichen der Schwäche zeigen Jeder Königsberger der zur Zeit der Angriffe hier seinen Wohnsitz hatte erhält eine Zusatzlebensmittelkarte für drei Tage Wasserversorgung vorübergehend durch Tankwagen Sonderzuteilung von Alkohol Süßwaren Bohnenkaffee Ich muß aber verlangen daß jeder Geschäftsmann mit den von mir zur Verfügung gestellten Behelfsmitteln Sperrholz Brettern selbst versucht notdürftig seinen Betrieb aufzunehmen Vielfach habe ich beobachten müssen daß aus Häusern mit Dachstuhlbränden Hausrat herausgetragen wurde statt durch Bildung von Eimerketten bei Nichtvorhandensein von Motorspritzen wertvollen Wohnraum zu erhalten Die Männer vom Ostwall zurückgerufen Wir werden den Rest des Krieges unter schwereren Bedingungen Richte ich an Euch den Appell vorbildlich und klaglos wie bisher Königsberg wird schöner denn je erstehen. Es gibt kein Zurück.

Wir gehen nebeneinander durch einen Garten, er und ich. Ich weiß nicht, was das für ein Garten ist, ich denke nicht darüber nach. Es könnte Italien sein, da wir durch die Gegenwart gehen. Wir gehen und reden. Unser Gespräch ist dicht, auch das Gehen ist dicht, auch ein solches Gehen nah beieinander ist ein Gespräch. Wir sind beide alt. Ich bin so alt, wie ich jetzt bin, er ist so alt wie in jenem letzten Jahr, als man ihm das Autofahren verbot, in jenem Jahr, als mein Kind geboren wurde. Redend gehen wir dahin und sind alt. Mir ist ruhig und gelassen zumute, ganz anders als bei unserer vorigen, lange zurückliegenden Begegnung, als ich, einen Raum betretend, ihn plötzlich erblickte, seinen glatten, schlanken Körper, hellhäutig – war es in einem Badezimmer? im braungefliesten Bad in einem kleinen Holzhaus? – und ihn bebend fragte: Du bist nicht tot? und wie erlöst war, schwimmend, weich, neben seinem lebendigen Körper. Jetzt gehen wir durch meinen italienischen Garten und reden, unsere Worte klingen ineinander, wir sprechen von damals, von etwas, was geschah und uns leiden ließ: wir haben ein Wort dafür, das dies alles beschreibt, es ist ein freies, helles, bitteres Wort – nur erinnere ich mich nicht daran, ja vielleicht existiert es nicht in der

Sprache des Wachseins, in diesem Wort klingt ein *E*, mehr weiß ich nicht, es erlöst, es lindert, es ist ein Aufheben und ein Hinnehmen. Klingt es wie *weh*? Oder *schwer*? Ja, sage ich mit einem schmerzhaften Gefühl des Glücks, jetzt, jetzt verstehen wir einander, jetzt, da wir alt sind.

Cranz, am 12. August 1944,
Sonnabend nachmittag im Garten am runden Tisch

Mein lieber Calle, Deine Briefe vom 3. u. 8. August sind angekommen. Die Wartezeit zwischen beiden war lang. Ich habe Deine Briefe gern, sie besitzen eine Anmut des Ausdrucks und der Geisteshaltung, die im Alltag schwer zu entdecken ist. Vielleicht liegt es an mir, daß Du so schroff im Umgang bist? Es ist Dir ja bestimmt, so zu sein, aber ich frage mich, ob nicht ich schuld bin, daß Du es nicht besser überwunden hast.

In Deinem Brief vom 3. stehen bei den Gedanken an mein Lager so viele Gedankenstriche! Was sollen die denn bedeuten? Ich will es doch einmal hinschreiben, daß unsere Gemeinschaft, nachdem wir eine richtige Familie geworden sind, mir fest und unerschütterlich erscheint. Haben wir besonderes Glück, dann bleibt uns dazu auch die Liebe erhalten. Bis jetzt ist sie uns geblieben. Dennoch stelle ich unsere menschliche Verbindung noch höher, denn sie ist der Boden, auf dem die Seelen unserer Kinder wachsen und ihre ersten bleibenden Eindrücke erwerben. Und sollte wirklich mal einen von uns ein erotisches Gewitter überfallen, dann soll es diese höhere Gemeinschaft nicht mit erfassen. Aber vorläufig ist es ja (bei mir) noch nicht so weit, und Du brauchst noch keine sorgenvollen Gedankenstriche zu malen.

Der Motor auf den Feldern tönt wieder, weißt Du noch, wie immer im Herbst und Frühjahr. Ist es also schon Herbst? Wir hatten ein paar Gewittertage und Regen, nun ist das Barometer wieder auf höchste Höhe gestiegen und es ist das alte herrliche Sommerwetter.

Lieber Calle, glaubst Du denn nicht an ein Wiedersehen? »Wenn nichts dazwischen kommt«, dann besuche ich Dich bestimmt Ende des Monats, spätestens Anfang September.
Wenn Du in das große Zimmer trittst, rechter Hand am Ofen, siehst du ein neues Möbel, ein Geschenk zu Victorias Geburt: ein Riesennähtisch auf eigenen Beinen, mit vielen Fächern. »Bilden Sie sich nur nicht ein, daß der jetzt groß genug ist«, sagt der alte Seliger, »für die Frauen ist er immer zu klein!« Also der steht nun da und wartet auf Deine Rückkehr.
Gute Nacht, Liebste, sei nicht traurig, denke in Liebe an mich, ich tue es auch

Cranz, den 3. September 44
Sonntag abend 10h.

Meine Geliebte! »Meines Herzens brennende Liebe, süßer Traum, bist nur Du«, singt es im Rundfunk. Und in dieser stillen Abendstunde hier im Haus an der See brennt mich wirklich Sehnsucht und Trennungsschmerz aufs neue. Aber es kann ja nicht anders sein. Genug Glück soll es sein, wenn ich Dich wiedersehe, wiederfinde.
Aber wo bleiben in diesen Tagen Programme. Man kann sie nicht einmal von einem zum andern Tag machen. Am Sonnabend wollte ich zu Hause bleiben und hier vieles erledigen. Aber um 6 Uhr morgens ging das Telefon und W&L meldete sich. »Sie müssen kommen, wir sollen die Schloßbrücke wieder aufbauen.« Wir sind den ganzen Tag in Stadt und Umgebung umhergefahren, um Material und Menschen zusammenzubringen.
Erst an diesem Tag habe ich ein Bild der Zerstörung erhalten, der Königsberg in seinem Stadtkern zum Opfer gefallen ist. Kleine Inseln, wie die Häuser um unser Büro ausgenommen. Es gibt kein Hotel mehr, zerstört sind Berliner Hof, Continental, Krenz, Parkhotel, Nordbahnhof, das Speicherviertel und so ziemlich alles, was dazwischen liegt. Keine Universität, keine Regierung, kein Stadttheater, keine Kirchen, nichts, nur ausgeglühte Mauern.

Als wir am Abend wieder an die Brückenstelle kamen, waren Pioniere dabei, die hoch und schief aufragenden Fronten vom Pelikanhaus und vom Miramar umzulegen. Ich sah noch einmal die leeren Mauerhülsen unserer Dachwohnung, in der die bewegten Tage unserer Probeehe abliefen. Welch glückliche Zeiten gegenüber der düsteren Gegenwart. 10 000 Menschen sind allein nach Cranz gekommen und suchen hier Unterkommen.
Wenn ich abends in dieses unberührte Idyll zurückkomme, ist es mir, als hätte ich die grauenhaften Bilder des Tages nur geträumt. Calle, hast Du Deine Veranda verdunkelt, so daß Du nachts bei Alarm aufstehen kannst und das Baby und Deine Kleider findest? *Mein lieber Calle*, ich glaube, für Eure Verhältnisse ist es besser, bei einem Alarm zunächst in den Keller zu gehen. Einer muß immer beobachten, ob es im Haus brennt. Im Brandfalle mußt Du Dich und die Kinder in nasse Wolldecken einschlagen und unter allen Umständen raus. Ich habe festes Zutrauen in Deine Beherztheit. Es gibt hier seit Tagen keine Post mehr. Also habe ich auch keine von Dir. Hoffentlich geht die meine weiter und erreicht Dich. Leb wohl Geliebte. Grüße alle, den Kindern einen Kuß – Und Dir mein ganzes Herz!

Lieber Schwiegervater, schrieb er am 14. September 1944, die besonderen Zeitumstände bringen es mit sich, daß ich Euch diesmal besuchen muß, ohne eingeladen zu sein. Ich habe nun die herzliche Bitte an Dich, an unserem zwölfjährigen Hochzeitstag unsere Tochter Victoria zu taufen...

Sie zogen in die Bodenkammer. Zwei Bettgestelle, Matratzen, darüber die handgewebten Decken aus den Kisten. Sie kochte auf einem winzigen Kocher abends zwei Kartoffeln. Er bekam keine Lebensmittelmarken, er hatte nichts zu rauchen.
Manchmal ging er mit dem Zopfkind in die Stadt und zeigte ihm, wo man die Zigarettenreste suchen mußte, die er rasch in eine

Blechschachtel schob. Dem Kind blieb eine schmerzliche Erinnerung an seine Not, und als es später, schon in einer anderen Stadt, an Wiesen und Wegrändern auf blühenden Gräsern bräunlichen Pollen sah, streifte es ihn ab und sammelte ihn, denn er ähnelte den braunen Krümeln in den Röllchen, die der Geliebte gierig und schamvoll von der Straße aufgehoben hatte.
Die Firma W&L, nach Cossebaude bei Dresden verlegt, baute nichts mehr. Er malte. Das herbstliche Elbtal, friedlich mit schimmerndem Wasser; Dresden, triumphierend im Winterlicht mit seinen Türmen. Dann, im Frühling, Dresden, die Ruinenstadt. Er hatte Zeit für die Sterne. Horoskope nach Klöckner, Veranlagung und Schicksal. Dafür gab es Kunden in diesen Zeiten.
Zweimal fuhr er nach Ostpreußen, um Letztes zu packen und das Haus zu sichern. Noch waren Freunde da. Professor Worringer, nunmehr Fachmann für romanische Kunst, hatte die Genehmigung zur Ausreise bekommen. Der Maler Partikel schickte seine Frau und die beiden Töchter nach Mecklenburg, in sein kleines Ahrenshooper Haus. Ihm fiel es schwer, zu gehen. Lina Schokowski, die im Frühling die Girlande über der Veranda für die heimkehrende Wöchnerin aufgehängt hatte, sah ihren Großen, Adolf, zum Volkssturm abziehen; sie kam zum Kochen und schlachtete das letzte Kaninchen für den Bildhauer Brachert, der eben seine große Steinfigur, die er »Sinnende« nannte, in Georgenswalde aufgestellt hatte. Bei Dr. Preuß gab es wie immer gute Weine. Preuß hatte sein Auto nach Danzig geschickt und das Silber im Garten vergraben. Ein Gefühl des Nahenden, das unklar »Ende« hieß, versetzte die Gesellschaft, die in seiner Villa zusammentraf, in einen Zustand klarsichtiger Betäubung. Man trank viel. Der Sterndeuter brachte eine junge Frau nach Hause, eine alleinstehende Ärztin. Auch ihr hatte er ein Horoskop gemacht, nach Klöckner, eines seiner ersten, das nicht allzugut für ihr wirres Schicksal sprach. Nun wollten es die Sterne am frostigen Winterhimmel, daß ihm die Herbe in die Arme fiel, daß ihr

einsames Pflichtleben unter seinen Sternenaugen in Flammen geriet. Ihre Strenge schmolz dahin; in der kalten ostpreußischen Nacht mußten sie einander glühend gut sein. Er genoß auch diesen Abschied. Er nahm die Hingabe an, ihren glatten, starken Körper, ihren ausbrechenden Blick, eine wilde Nähe in Erwartung der entsetzlichsten Einsamkeit. Es schneite, als sie ihn zum Bahnhof brachte. Mit einem der letzten Züge verließ er Ostpreußen.

In eine der letzten Kisten hatte er die Cranzer Bilder gepackt (immer wieder hatte Calle in ihren Briefen darum gebeten). »Nidden« war dabei und »Winter in Cranz 1943«. Die Sendung enthielt auch das Speicher-Bild. Flächig gemalt, herrschte das Weiß der Hauswände vor, durchzogen von brauner Fachwerkstruktur mit harten Rundungen und Winkeln. Seitlich im Vordergrund stand ein kleine Figur im weißen Kittel, einen Zeichen- oder Rechnungsblock in den Händen. Das Kind wußte, daß er es war. Es wußte nichts von den Speicherhäusern, die nur noch ausgebrannte Ruinen waren. Das Kind sah, wie aus einem vorkragenden Giebel ein Balken mit einer Rolle ragte, über die ein Seil lief, an dem ein in Sackstoff geschlagener Ballen hing. Wurde er hochgezogen, heruntergelassen? Das Kind wartete, daß eines Tages etwas geschehen würde. Das Bild würde aufgehen, die geschlossenen Fensterläden würden auseinanderklappen und ihm das Innere der weißen Häuser zeigen. Das Kind stand oft vor dem Bild, es beobachtete den Maler, der ebenfalls beobachtete und den Stift auf das weiße Papier seines Blocks setzte.
Es liebte das Schweben des Ballens, es wachte eifersüchtig über die geheimen Kräfte im Flaschenzug, in der Krümmung der Balken, im weißen Kittel des Malers, in seinen Händen. Nur dieses Bild nahm er mit, als er die Köpenicker Wohnung verließ. Das Fachwerk, die Speichermauern und alles, was dahinter verborgen war, verschwanden. Bei seltenen Gelegenheiten, wenn wir

Kinder ihn in seinem neuen Dasein besuchten, sah ich das Bild wieder. Es bewahrte alle Geheimnisse. Es bewahrte auch den Maler, den ich geliebt hatte. Ich habe mich nie gefragt, warum er gerade dieses Bild mitnahm und uns die anderen ließ. Vielleicht weil es ein Stück Stadt darstellte und ein Symbol seiner Königsberger Zeit war, von deren großen Bauten im Stil der Neuen Sachlichkeit nichts blieb und die nur er in der Geheimschrift des Fachwerks vom Speicherviertel wiedererkannte. Nie, ganz anders als sie, sprach er später von der Vergangenheit. Aber daß er dieses Bild behielt, war wohl ein Zeichen für die ununterdrückbare Macht des Erinnerns.

6   Wir hatten uns geeinigt, daß meine Schwester das Stadtbild bekommen sollte, das er im Jahr ihrer Geburt gemalt hatte. Mir schien, als hätte es durch seine Anwesenheit in unserem Leben seine Konturen verloren; nun, im leeren Zimmer, traten die Einzelheiten wieder hervor. Aus dem Rot erhoben sich die doppelten Türme mit ihren Fenstern und Bogenverzierungen, darüber das blasse Grün der Turmspitzen; um das Kirchendach breitete sich die Stadt aus: Giebelfronten mit Stufen und Bögen, Walmdächer mit schnörkelgeschmückten Fenstern; Firste, aneinandergedrängt, eine rote, gewellte Fläche. Die backsteinfarbenen Schwippfeiler der Kirche streiften mit ihren Schatten das dumpfgrüne Dach des Seitenschiffs; ein Dachreiter stand auf dem First des Langhauses. Weiter hinten, inmitten der Dächermasse, der Turm von Sankt Nikolai, der die Grandiosität des Zwillingsturms der Marienirche in der Bildmitte betonte. Ganz vorn erkannte ich auf einem der Ziegeldächer eine viereckige Metallkonstruktion, und mir fiel ein, daß ich mich als Kind immer gefragt hatte, was dieser schwarze Käfig über den alten Häusern bedeutete. Die Stadt war menschenlos. Die Farben waren kalt, besonders im oberen Bildviertel, in das die beiden Turmhauben ragten: es zeigte einen silbrigen Flußstreifen mit schwarzen Umrissen von Bäumen, dahinter einen flachen, grünen Horizont. Den Himmel deutete ein aus weißem Rosa aufsteigendes fahles Blau an, das allmählich türkis wurde, kalt und weit.
Plötzlich erschien mir das Bild traurig in seiner Genauigkeit; ich sah eine hilflose Starre, eine merkwürdige Lähmung. In der rechten unteren Ecke stand die Jahreszahl 1944. Ich hatte nie gefragt, ob das Bild in Ostpreußen oder schon in Sachsen entstanden war. Aber sicher wußte ich, denn das hatte sie mir gesagt, daß er es nach einer Ansichtskarte gemalt hatte. Und noch etwas fiel mir ein, undeutlich, eine Ablehnung, die sie erwähnt hatte. 1944, als sie von ihren Eltern in Sachsen aufgenommen wurde und nicht von der Schwägerin in Lübeck, als er, vielleicht noch in Ostpreußen, dieses Bild malte, gab es das Gedränge der Dächer

um die Marienkirche nicht mehr, der englische Luftangriff von 1942 hatte die Altstadt zerstört. »Das Kirchendach ist fast wiederhergestellt«, schrieb im Frühjahr 1944 seine Schwester Marta in filigraner deutscher Schrift nach Ostpreußen. Ihre Enkel seien aufs Land evakuiert, da es in der Stadt nicht genug Luftschutzkeller gebe. Sei es nicht am besten, mit zwei kleinen Kindern in der gesunden Luft Ostpreußens zu bleiben? »Wovor fürchtet man sich, vor den Russen oder vor den Schweden?« spöttelten die schöngeschwungenen deutschen Buchstaben.
Es war die Antwort der Vaterstadt, die er nicht geliebt hatte. Er hatte auch das Vaterhaus, die kleine Jugendstilvilla des Baumeisters H. am Stadtrand, nicht geliebt. Sobald er fortkonnte, war er in den Süden gegangen. Das Geschlossene, hanseatisch Verharrende, das kühle Backsteinblut unter dem Nordhimmel hatte er gemalt, die kalte Stadt, die deutsch ausharrende Schwester: natura morta. Es mußte eine Postkarte gewesen sein, eine Luftaufnahme, die Perspektive verriet es. Sie hingen beide an diesem Bild, und weil sie darauf beharrte, daß er es ihr geschenkt habe, lieh er es sich aus, als er wegzog, um es für sich zu kopieren: Liubice, die nicht geliebte Liebliche, die Verschwundene.
Von ihrer gemeinsamen Reise nach Lübeck blieb ein Foto: die Familie im Freien, um einen Tisch sitzend, überragt von einem weitästigen Baum. Nur bei der Mutter wird die Strenge durch das Alter und das weiße, zu einem Knoten gesteckte Haar gemildert, überdeutlich ist sie bei den Schwestern, in hochgeschlossenen Kleidern, herbe Lehrerinnen-Gesichter unter glatten Scheiteln. Der Vater, mit weißem Kaiserbart, steht an den Baum gelehnt, den Stock fest umfassend. Kühle und Strenge, nicht nur in der Haltung von Rückgrat und Kopf; aber es liegt nicht an der neuen jungen Frau, die der Sohn nach Lübeck gebracht hat. Man hat sie an den Tisch neben die Mutter gesetzt. Sie erinnerte sich an diesen Lübecker Nachmittag, an die alte Frau, die leise sagt, daß sie ihr gefalle; die Strenge gilt ihm, dem Jüngsten: wird er endlich sein Künstlerleben aufgeben, zur Ruhe kommen, eine

Familie gründen? Er allein lächelt. Ein unbekümmertes Lächeln. Der breitkrempige Hut hebt ihn schwungvoll ab vom weißen Haar der Eltern und den glattgescheitelten Köpfen der Schwestern und auch von ihr, ihrem Ernst.
Einmal hatte er eine Episode aus der Lübecker Kindheit erzählt, eine der wenigen, die er der Erinnerung und des Erzählens für wert hielt und die mir mißfiel. In seiner Geschichte trat er in weißem Matrosenanzug und weißen Kniestrümpfen auf, beim sonntäglichen Familienspaziergang, dem Zwangsweg durch die rote Stadt, vorgezeichnet von den Eltern, nachgetrabt mit gezähmten Schritten in weiten Röcken von den Schwestern. Zuletzt er, der Nachkömmling, der Liebling, im Gefühl seiner Besonderheit. Er hat sich einen Stock geschnitten, schwenkt ihn auf und ab, klemmt ihn unter die Achseln, so daß eines der vorstehenden Stockenden die Eisenstangen der Zäune berührt und ein freches Dröhnen erzeugt, bis sich plötzlich der Stock in einem vorstehenden Ast festhakt. Der Stockträger stolpert, schlägt aufs Pflaster. Aber nicht die blutenden Knie sind schlimm und Anlaß für Strafe, sondern daß der neue weiße Matrosenanzug schmutz- und blutgefleckt heimkehrt. Er aber, daran erinnerte er sich, war stolz auf seinen Hochmut.

Ihr Ernst, ihr ungelächeltes Lächeln, mädchen- und jungenhaft gleichzeitig. Sie trug bei jenem Besuch in Lübeck einen kurzärmeligen scharzweißgestreiften Pulli, weite lange Hosen, keinen Schmuck außer einer Armbanduhr. Vielleicht waren sie noch nicht verheiratet, sondern lebten noch in der »Probeehe«. Jedenfalls hatte sie sich ihm gegeben und anvertraut. In diesem ersten Jahr hatte er ihr einen Webstuhl geschenkt; sie lernte weben, webte aus Seiden- oder Baumwollstreifen Teppiche in schönen Farben, die unseren Wohnungen ihren Grund gaben und von denen wir Kinder nicht wußten, daß sie ihr Werk waren.
Als er vier Jahrzehnte nach der Lübecker Reise seine Memoiren niederschrieb, erwähnte er auch den Webstuhl, doch in Verbin-

dung mit dem Wort *bezahlen*: Er habe ihren Webstuhl bezahlt. Seinen Bericht über sie, die er nun »ein Kapitel« nannte, leitete er mit einigen umständlichen Floskeln ein. Seltsame Zufälle hätten bei ihrer ersten Begegnung mitgewirkt, die ihm damals bedeutungsvoll erschienen seien, ja die er für Fügung und Notwendigkeit gehalten habe, die sich später aber als bloße Zufälligkeit erwiesen hätten. In einem Eisenbahnabteil habe sie ihm gegenübergesessen. Sie sei aufgefallen durch ihre Schönheit. Sie habe von Schweden erzählt und daß ihr Vater Pfarrer und ihr Großvater Staatsminister in Baden gewesen sei. Daran erinnerte er sich genau: es war das, was er aus späterer Sicht, aus dem Abstand seines neuen Lebens, als »das Kleinbürgerliche« an ihr bezeichnete.

Die Zeit hieß Zusammenbruch. Alle anderen Namen wurden ihr nachträglich gegeben.
Er fuhr nach Weißenfels, dort sollte er Räume für die ausgelagerte Firma mieten. Er wartete. Die Firma blieb verschollen. Manchmal war ihm schwindlig vor Hunger. Ich sah ihn oft mit seinem kleinen braunen Koffer. Er reiste. Er malte. Frühling 1945, Sommer 1945, Herbst 1945. Das Elbtal, die Saale bei Weißenfels, Blick auf Meißen. Tage ohne Zigaretten, manchmal 5 Stück im Tausch gegen Brotmarken. Kippensammeln und Pläne: Plan zum Wiederaufbau des Rathauses von Radebeul. Schulen, Krankenhäuser, Wohnungen. Es begann die Ära der Unbescholtenen, eine neue Moderne. Die Erneuerung mußte kommen, nach Erniedrigung und Zerstörung. Immer wieder zeichnete er den Neuaufbau von Dresden. Wenn wir mit dem klaren Geist des Ingenieurs, der eine Maschine konstruieren soll, die Form der neuen Stadt entwickeln, stellen wir fest, daß sie keine Ähnlichkeit mit unseren alten Städten mehr haben kann. Allein die Funktionen können die Form bestimmen. Die Beibehaltung der Bevölkerungsdichte im Zentrum und die gleichzeitige Verminderung

der bebauten Fläche kann nur durch Steigerung der Bauhöhe erreicht werden. Die Hochhäuser wirken durch ihre Größe und rhythmische Gestaltung, sie bilden einen ruhigen Hintergrund für die reicher geformten Flachbauten, die als vermittelndes Maß zwischen den Menschen und den Großbauten stehen, ebenso wirken auch Bäume auf den weiten Grünflächen (Wiesen, Spiel- und Sportplätzen), auch Obstbäume können gepflanzt werden. Versorgungsstraßen innerhalb der Blöcke führen zu den einzelnen Bauten und zu den Parkplätzen. Im Einzelfall Dresden bietet sich dem Städteplaner in der Altstadt ein Bezirk an, der als Traditionskern in einer neuen Stadt erhalten bleiben kann.
Durch die Wiederherstellung der Altstadt mit ihrer Straßenstruktur tritt auch in Zukunft der ursprüngliche Siedlungskern im Gesamtorganismus der Stadt hervor. Das schöne Bild der Stadt vom Nordufer aus gesehen bleibt erhalten, erst weit im Hintergrund erhebt sich die gleichmäßige Reihe der Hochbauten, ohne den Gegensatz der Zeiten zu verleugnen...
Plan zur Gründung einer Kunstakademie Dresden. Ein Gremium integrer Lehrer, der Dresdner Maler, der Kunsthistoriker, der Architekt aus Königsberg. Fast von selbst wurden sie Professoren, entwarfen Studienwege und Lehrprogramme. Es gab keine Räume. Wer konnte einer Akademie in Dresden Räume geben? Wer durfte bauen? Beharrliche Stummheit der Sieger. Die Zeit hieß und sollte sein: Zusammenbruch.
Nur die Sterne antworteten auf seine Fragen. Er hatte sie in den letzten Jahren zu stellen geübt, nach Klöckners Praktischer Astrologie. Die Schicksalsmächte waren greifbar. Aus Planeten und Sonnenstand, aus Aszendenten und Häusern. Sah er voraus, daß der Kunsthistoriker Will Grohmann des Wartens auf einen Hörsaal bald müde sein und – auch dank des Dresdner Professorentitels – einen Westberliner Lehrstuhl und internationalen Ruhm als Picasso-Deuter erobern würde?
Der Sterndeuter schrieb ihm: Vom 42. Lebensjahr an treten Sie in die Jupiterperiode. Jupiter in seiner glänzenden Position im

zweiten Hause bringt Ihnen eine Zeit der besten Erfolge, des Aufstiegs und des Ansehens, auch die Vermögenslage wird sich mehr und mehr festigen...
Horoskop für A. H.; Angi Hain mit den hochgebauten Schultern, den Locken und dem rotgemalten Mund bezahlte, da sie vom Land kam, in Naturalien und konnte mit ihrer Charakterbeschreibung als lebensfroh, optimistisch, den Freuden des Tages zugewandt zufrieden sein, und auch mit den allgemein gehaltenen Schicksalslinien, die ihr Gesundheit, Ehe und Kinder versprachen. Während einer anderen A. H., 1909 geboren, alleinlebender Ärztin in Ostpreußen, dann in Bad Elsterwerda, Sachsen, ein viel ausführlicheres Horoskop gewidmet war, das ihr einsames tapferes Schützenleben durch alle Häuser führte, aber doch immer wieder auf eines hinauslief, auf Mühe und Arbeit, während sie etwas ganz anderes von den Sternen und seinen Sternenaugen erwartet hatte, ein Wiedersehen, ein Wiederumarmen, ein Wiederholen und Wiederherholen dessen, was einmalig war und zurückgeblieben im Namenlosen und Ausgelöschten.
Noch ein drittes Horoskop A. H. hatte der Astrologe bearbeitet, in zurückliegenden Jahren, und mit dringlicherer Fragestellung an die Gestirne: Wer war der am 20. April 1889 in Braunau geborene A. H.? Die Gestirne verhießen eine schizoide Veranlagung, sie zeigten geringe künstlerische Begabung, Geltungsdrang, Depressivität und Selbstvernichtungstendenz. Auch eine gefährliche Wirkung auf die »Masse« hatten ihm die Planeten verraten.
Dann brachen die Notizen ab. Hatte sich das erhoffte Ergebnis nicht gezeigt? Waren die Warnungen der Gestirne so erschreckend, daß er sie nicht zu Papier gebracht hatte?
Es war ihm ernst, verzweifelt ernst mit den Schicksalsmächten in seinem fünften Lebensjahrzehnt.
Das Solarhoroskop, das er für sich selbst berechnete, begleitete ihn Tag für Tag, bis in die fünfziger Jahre. Parallel dazu, ebenso ausführlich, führte er das Horoskop »Ca.«. Als brauchte er die Sterne, um zu wissen, was ihr da geschah; warum sie blind an

meinem Arm dahinstolperte. Ich war vierzehn. Ich führte sie. Wir kamen vom Berliner Stadtgericht, wo er soeben die Scheidung erlangt hatte.

Ich sah ihn bauen. Er arbeitete leicht und schnell, der Bau wuchs unter meinen Augen. Er stach mit einem Spaten grüne Vierecke aus dem Sportplatzboden, schleppte sie zum Zaun, schichtete sie aufeinander, bis eine Bank entstand. Ringsum arbeiteten andere ebenso, doch nicht so schön, niemand baute so gut wie er. Wir saßen auf dem neuen Grasmäuerchen, die kleine Rotschopfige neben mir baumelte schon mit den Beinen. Er und sie gruben, wir sahen ihre gebeugten Rücken, sie gruben den Sportplatz um. Es war der Platz, den ich vom Küchenfenster der Allee-Straße gesehen hatte, wenn ich abtrocknen mußte, als wir noch dort wohnten.
Unter dem Gras kam eine braune, harte Erde hervor. Die weite Fläche verwandelte sich in einen riesengroßen Gemüsegarten, ein Gewimmel von Beeten und Menschen. Sie trug ein im Nakken geknotetes Kopftuch, das ihre Stirn glatt umschloß und ihr Gesicht streng hervortreten ließ, sie steckte mit Bindfaden und Pflöcken Beete ab, ihre Maße waren genau, sie legte schmale schnurgerade Wege zwischen zwei Bindfadenlinien, die sie mit kurzen Schritten in den geharkten Boden spurte. Immer wieder sah ich sie später Pflöcke stecken, Wege treten, Möhren und Rote Rüben sähen, Tomaten pflanzen, Bohnen anhäufeln.
Unsere Tomaten wuchsen nicht nur auf dem Sportplatz, sondern auch hinter dem Haus im Gradsteg, in das wir aus der Alleestraße gezogen waren. Im ersten Stock gehörte uns nun eine zugewiesene Wohnung, und im Garten hatten wir ein Recht auf ein Tomatenbeet, auch wenn es den beiden Schatten mißfiel, die seufzend, aber auch drohend am Hauseingang standen. Wir waren ihnen aufgezwungen, Umsiedler, wir waren Beleidigung, Last. Wir waren die vierköpfige Strafe für ihre Liebe zu einem

Mann, zu A. H., der sie verführt und betrogen hatte. Wir waren ihre Niederlage, wir pflanzten Tomaten in ihrem verwilderten, wankend umzäunten Garten.

Die Villa lag am Hang, und der Weg vom Gradsteg zum Sportplatz war ein wilder, lustiger Galopp, es ging steil bergab, seine und ihre Schritte schallten auf dem Pflaster, sie liefen mir fast davon, der geliehene Sportwagen quietschte, es hüpfte sich wie von allein hinunter. Und ebenso schön war das kraftvolle Schieben bergauf, die kleine Rote saß unter Möhren, Bohnen, Petersilie, die Schritte klangen kürzer und weniger laut, sie schoben keuchend den Wagen, und ihr Doppelschritt, ihr Bergauf- und Bergabrennen, zeigte, daß es eine gute Zeit war. Wir wohnten am Berg, in der Höhe, wo alles grüner schien. Das stärkste Grün war der Nußbaum vorm Haus, der weiße Nüsse ins Gras warf, die ich mit einem raschen, von den beiden Wächterinnen am Hauseingang nicht beobachteten Bücken aufhob und in die Schürzentasche steckte.

An den Schatten vorbei stapfte ich ins Haus, in dessen Mitte eine breite Holztreppe nach oben in eine große Weite führte; alles war weit in diesem neuen Leben, es war eine möbelarme weiße Freiheit, weiß waren die Zimmer, von Raum zu Raum strömte hellgrünes Licht, Nußbaumlicht. Wir hatten einen Tisch und vier Stühle, wir hatten eine hohe Kommode mit vielen Schubladen, von einem dunklen Mahagonirot. Aus der Dachkammer in der Allee-Straße hatten sie die beiden Matratzenböden mitgebracht, die sich unter den handgewebten Decken wieder in flache Diwane verwandelten.

Wir Kinder besaßen zwei Betten und ein eigenes Zimmer. Es war ein Eckzimmer, dessen Fenster in zwei Richtungen gingen. Dort lagen wir, von einem großen Stück Fußboden getrennt, doch nah genug, um uns zu hören, wenn wir flüsterten. Sie kam herein, sie trat an unsere Betten, fühlte unsere Stirnen, es war heller Tag draußen, der durch die Spalten der geschlossenen Fensterläden glühte, es war eine unterhaltsame, durstige Krankheit, die nur ein wenig juckte, die die Sonne draußen zum Glühen brachte und drinnen eine heimliche, zuckende Heiterkeit entzündete, aus Wärme und Kühle gemischt. Sie brachte mir etwas mit, einen süßen Geschmack, der »Kastanie« hieß oder »Lößnitz«, genau wußte ich es nicht, es waren kleine, behaarte Früchte, die süß zergingen, und sie war da, war immer da, ging und kam, sorgte sich, denn wir waren ja krank, sie ahnte nicht, wie gesund ich war, wie glücklich.

Der Himmel war leer.
Der Park vor dem Haus, der Garten hinter dem Haus waren leer, kein Mensch kam vorbei.
Wäre jemand gekommen, unangemeldet, ich wäre erschocken, so wie sie bei jedem Schatten, bei jedem Geräusch zusammengezuckt war. Manchmal hatte sie geglaubt, den Rauch einer Zigarette gerochen zu haben. Manchmal hatte sie oben, in der leeren Wohnung, Stimmen, Schritte gehört.
Die waren wieder da, heut nacht.
Ich hab sie genau gehört...diese Bande
Ein Getrampel war das wieder...
Sie sah mich schuldbewußt an: es war ihr herausgerutscht, sie wußte ja, daß wir das, was sie so genau gehört hatte, für Hirngespinste ihrer Einsamkeit hielten.
Altersparanoia.
Auch das Getrampel und die Stimmen, die sie nachts mit dem kleinen Radio zu übertönen gesucht hatte, waren nun ausgelöscht. Stille stieg aus den letzten beiden Koffern, die vierzig Jahre verschlossen dagestanden hatten, wie bereit zu neuer Reise.
Bei der bloßen Berührung der Dinge brannten mir die Finger. Lautlos entfalteten sich die Stoffe mit ihren vergessenen Mustern, noch einmal flochten sich die kleinen weißen Ringe auf die bunten Bänder und wurden zu vier Serviettenhaltern; in dem

schwarzen Wäschekoffer fand ich eine Pumpe für Muttermilch, ein Dutzend Kinderhemdchen aus Batist, einen Packen gestärkter Schwesternhauben, Hemdröckchen aus feinem Leinen, handgenäht, mit handgesticktem Monogramm »C.T.«. Und einen Kasten mit Aquarellfarben, einen Skizzenblock und eine kleine quadratische Schachtel mit dem Aufdruck »24 Zigaretten Sondermischung das Stück 4 Pf. Haus Bergmann GmbH Dresden«... Stille.

Hast du gesehn, ich habe sein Bild wieder hingestellt, sagte sie an einem der Abende, als wir einander gegenübersaßen, und sie darauf wartete, daß sie anfangen konnte mit dem Erzählen. Sie war nun älter als er geworden war.
Das Foto stand auf dem Bücherregal im großen Zimmer. Es war kein Bild aus *ihrer* Zeit, wie das Porträt, das sie mir geschenkt hatte und das ihn im weißen Kittel am Zeichentisch zeigte, den Stift in der beringten Hand, mit weichen und doch festen Zügen und dem heiter schweifenden Blick. Während das frühere Bild Freundschaft und Zuneigung der Fotografin verriet, die sich in eine gelöste Haltung des Porträtierten übertrugen, war dieses offizieller. Der Fotograf hatte ihn einfach abgebildet. Daß es sich wiederum um ein Architektenporträt handelte, war durch den Hintergrund, eine hellgestrichene Mauer, angedeutet; davor er, frontal gesehen, Kopf, Hals und Schultern. Die Nacktheit der Mauer korrespondierte mit der Magerkeit des Gesichts, in dem die Schädelstruktur über einem zu dünnen Hals hervortrat. Der Blick war hell, entschlossen, nicht der eines Sechzigjährigen. Es war der Blick eines Mannes, der vierzig sein wollte und der zurückließ, was an dieser neuen Jugend nicht teilhatte. Eine kühle Sicherheit stand in seinem schönen und wissenden Gesicht, das noch immer die Spuren des Hungers und des Ausgeschlossenseins trug.
Ein sehr ähnliches Bild erschien nicht viel später im »Neuen Deutschland«. Ich erkannte ihn, vertraut und fremd, in der

Reihe der Architekten, die die Moderne der zwanziger Jahre als dekadent und formalistisch verurteilten; dem großen Vorbild nacheifernd, bekannten sie sich zu einer volksverbundenen Architektur und waren soeben für ihre Entwürfe der Stalinallee mit dem Großen und Nationalen Staats-Preis ausgezeichnet worden.

Es hallte durch die Zimmer, als das Buch herunterfiel. Ich bückte mich, um es aufzuheben. Auf der aufgeschlagenen Seite las ich einen Satz, ich sah nur ihn. Es waren Worte, die Iphigenie im Augenblick des Abschieds an Agamemnon richtet, im Augenblick, da sie weiß, daß sie sterben muß. *Küß mich, damit ich mich dort deiner erinnere.* Ich dachte an den silbrig regengrauen Tag, an dem ich sie besucht hatte; von ihrem Bett aus, das, in besserer Position als die Betten der beiden anderen Patienten, am Fenster stand, hatten wir gemeinsam auf den spiegelglatten See hinausgesehen und den Surfer beobachtet, der immer wieder ins Wasser fiel. Hatte ich sie geküßt? Sicher; eilig und zerstreut, denn wir würden uns ja am nächsten Tag wiedersehen. Aber als ich sie ins Badezimmer hinausbegleitete, hatte sie plötzlich, als wir dort allein waren, das Nachthemd hochgehoben und mir ihren nackten Körper gezeigt.

Würde sie sich meiner erinnern – dort? Würde sie sich an meine Schultern, an meinen Nacken erinnern, den ihre heilenden Hände massiert hatten? Würde sie sich an die eilige Besucherin erinnern, an die Widersetzliche, die *Superkluge*, an unseren Streit, den maßlosen Haß zwischen uns –? An das weinende Zopfkind, an die kleine Königin, den Lockenengel?

Es war nun fast dunkel. Ich stand noch immer am Fenster. Die Zimmer in meinem Rücken waren leer.

Alle Rechte vorbehalten. © 1996 by Das Arsenal.
Verlag für Kultur und Politik GmbH, 10589 Berlin (Charlottenburg)
Satz · Fotosatzwerkstatt Tempelhofer Ufer 21 GmbH, Berlin (Kreuzberg)
Druck · Offset-Druckerei B&F GmbH, Berlin (Kreuzberg)

ISBN 3 931109 05 4

Christine Wolter im Verlag Das Arsenal

Straße der Stunden
44 Veduten aus dem heimlichen Mailand
Mit Zeichnungen von Bodo Reiter. 116 Seiten, Engl. Broschur
ISBN 3 921810 86 8
Mailand: grau und grell, von maßloser Unform, grandios. Flüchtige Momente auf der Straße machen es sinnfällig: das heimliche und unheimliche Gesicht dieser Stadt enthüllt sich im Detail, im unsensationellen Ereignis.

»Italien muß schön sein«
Impressionen, Depressionen in Arkadien
Mit vielen Zeichnungen deutscher Italien-Reisender des
19. Jahrhunderts. 116 Seiten, Engl. Broschur
ISBN 3 921810 53 1
Eine empfindsame Reise auf Ab- und Seitenwegen: zu Orten und Menschen, in denen noch etwas von der Seele dieses Landes lebt; vom alltäglichen sonnengetränkten Horror, vom entscheidenden Nebensächlichen.
Anfang und Grund dieses Büchleins war die Aufforderung einer Ost-Berliner Freundin, für einen Augenblick die verschlossenen Türen in der Mauer zu öffnen: zu den Sehnsüchten, zu Wärme, Weite, Licht, Kunst; *ihr* Italien – nach Goethes Bild: Pinien und Zypressen, freundliche Menschen, Orangen, römische Ruinen – *mußte* schön sein.

»REMEMBRANCE NEVER MUST AWAKE«?

Tibor Déry · Fröhliches Begräbnis
Aus dem Ungarischen übersetzt von Hans Skirecki; herausgegeben von Ferenc Botka. 188 Seiten
Die fünf Erzählungen – darunter die erstmals ins Deutsche übersetzten melancholisch-bitteren Samisdat-Grotesken »*Auf dem Rücken der Möwe* und *Die abenteuerliche Reise des Dr. Nikodemus* in Swifts Manier – handeln vom »Niveauverlust der Menschenseele, der die Epoche kennzeichnet und uns immer noch bedroht«.

Franz Joachim Behnisch · Eislauf
Neunzehn Kapitel aus dem versunkenen Vineta
Roman. Aus dem Nachlaß herausgegeben von Ehrentraud Dimpfl. 214 Seiten
Dem sinnlosen Spiel der »Historia, blutig und feist« hat der Autor seine eigene Geschichte entgegengesetzt: einen grotesken, allzu menschlichen Lauf über das Vineta-Berlin vor 1945, durch die kleine und große Zeit seiner Generation und die Topographie seiner Berliner Kindheit.

Franz Hessel · Nachfeier
Mit einem »Waschzettel« von Karin Grund. 128 Seiten
Des Berliner Flaneurs »Suche nach der verlorenen Zeit«: im Mittelpunkt der 1929 zuerst erschienenen Sammlung kleiner Prosa steht das Pariser Tagebuch (»Vorschule des Journalismus«), die Wiederbegegnung mit der Stadt, in der er am Vorabend des ersten Weltkriegs gelebt hatte.

Delio Tessa · Drei Katzen, ein Mann und andere ambrosianische Geschichten
Aus dem Italienischen übersetzt und mit einem Nachwort von Lieselotte Kittenberger. Mit vielen zeitgenössischen Photographien, 296 Seiten
Eine Mailänder Kindheit um 1900. Aber der Flaneur der dreißiger Jahre kann in der »blind und einsam gewordenen Stadt« mit dem Blick auf die Vergangenheit kein Idyll erschließen: in der alten Heimeligkeit erkennt er nicht mehr nur die Poesie der einfachen Dinge und Menschen, sondern den Keim zum Übel.

Gerhard Wolf · Beschreibung eines Zimmers
Fünfzehn Kapitel über Johannes Bobrowski.
Erweiterte Neuausgabe. Mit Photographien von Roger Melis. 192 Seiten
Diese Hommage an den Dichter Johannes Bobrowski (1917 – 1965) hat einen genau umgrenzten biographischen Ort: sein Arbeitszimmer in der Ahornallee 26 in Berlin-Friedrichshagen, »in dem die Zeit steht. In das er sich hereinholte, was er brauchte«: Bücher, Landschaften, Wahlverwandte und Zeitgenossen . . .

Lola Landau · Positano oder Der Weg ins dritte Leben
Zwei autobiographische Anekdoten. Herausgegeben von Thomas Hartwig [Bücher des 9. November – »an die Vergessenheit«; vierter Band] 104 Seiten
Die leidenschaftliche Ehe der L. L. mit dem expressionistischen Dichter Armin T. Wegner scheitert, als die Nazis beiden das Leben in Deutschland unmöglich machen und ein schwelender Identitätkonflikt aufflammt: sie entscheidet sich für die schwierige Existenz als Jüdin in Palästina, er für ein vermeintlich »anderes« Deutschland im italienischen Exil.

Alle Bücher in Englischer Broschur
Im **Verlag Das Arsenal**. Erhältlich in jeder guten Buchhandlung